두 아이를 키우고
직장생활을 하면서 꿈을 꾸는
드림워커

짝퉁
워킹맘
명품
워킹맘

짝퉁 워킹맘 명품 워킹맘

초판인쇄	2018년 03월 23일
초판발행	2018년 03월 31일
지은이	추현혜
발행인	조현수
펴낸곳	도서출판 프로방스
마케팅	최관호 최문섭
IT 마케팅	신성웅
편집교열	맹인남
표지 & 편집 디자인	오종국 Design CREO
ADD	경기도 고양시 일산동구 백석2동 1301-2 넥스빌오피스텔 704호
전화	031-925-5366~7
팩스	031-925-5368
이메일	provence70@naver.com
등록번호	제2016-000126호
등록	2016년 06월 23일
ISBN	979-11-88204-31-1-03810

정가 15,000원

두 아이를 키우고
직장생활을 하면서 꿈을 꾸는
드림워커

짝퉁
워킹맘
명품
워킹맘

추현혜 지음

프로방스

"워킹맘이여 소중한 '꿈' 을 공유하여
진정한 행복을 찾기를 바란다"

두 아이를 키우면서 직장에 다녔고 꿈을
키우고, 꿈을 이루며 행복의 파랑새를 찾아 날아왔다. 박사학위를 마
치고 잠시 쉬는 동안 '나' 를 찾아 떠났던 여정의 종착역에서 나를 되
돌아보며 정리하는 기회를 가졌다.

인생은 누군가 '숨은그림찾기' 같다고 했던 말이 기억난다. 하나를
찾고 나면 또 하나를 찾기 위해 집중해서 보고 지나간 삶의 추억도 찬
찬히 들여다보면 숨은그림들이 하나 둘씩 튀어나올 때 우리는 미소 지
어 본다. 열심히 사는 사람들 중에는 나처럼 '하루 하루를 잘 살자' '오
늘도 열심히 살자' 결심하며 앞만 보고 달리게 된다. 하지만 이렇게 살

다보면 숨은그림찾기를 할 수 있는 기회를 놓치게 된다. 세월의 흐름에 지나온 날들의 색을 꺼내어 볼 수 없는 좋은 기회를 놓친 다면 얼마나 안타까울까? 다행히 나는 '멈춤' 의 시간을 가졌다.

주말에 잠시 시간을 내어 커피숍에 노트북을 들고 앉았다. 내 마음 한컨에선 작가들의 흉내를 내어 보고 싶었을 수도 있고, 내 안의 정리라고도 했지만 어쩌면 바쁜 일상속에서 잠시 멈춤으로 인해 공허한 마음 혹은 외로움을 달래려 했을 수도 있다.

그렇게 나의 스토리를 풀어내었다. '꿈을 꾸기 전의 나' 와 '꿈을 꾸고 난 후의 나' 를 비교 해보기 시작했다. 엄청난 변화에 놀라지 않을 수 없었다. '나' 를 평가하는 것은 남이지만 '자존감' 이라는 내면의 이름을 찾으려면 내 자신을 평가하여야 하는 것이다. '나' 에 대한 큰 평가 일단 '자존감' 이라는 큰 선물을 얻었다. 나 스스로 변하고 꿈을 이루기 위해 열정을 다하여 달린 결과이다. 정신적 · 신체적 성장은 물론이로 인하여 내 · 외면의 이미지 그 자체가 바뀐 나였다. 그러하기에 더 없이 기뻤다. 하지만 되돌아보면 후회의 날들도 많았다. '나' 를 찾고 변화한 큰 성과와 반대로 내 아이의 성적은 하위권임을 보았다. 꿈을 이루기 위한 워킹맘은 가정, 직장이라는 저울의 기울기가 평행을 이루었을 때 꿈을 이루고 나서도 진실로 행복함을 알았다.

직장생활과 가정생활 어느 하나도 놓칠 수 없고 어쩌면 하루 하루 쳇바퀴처럼 바쁘게 돌아가는 다람쥐와 같은 워킹맘을 본다. 나도 그랬고, 나의 주위에 많은 친구와 후배 그리고 선배를 본다. 이러한 우리의 삶에서 설레임을 느낄 수 있는 것은 '꿈'이다. 희망인 것이다. 내가 해내었고 나와 비슷한 워킹맘들에게 '꿈'이라는 희망의 설레임을 공유하고 싶어 제1장을 구성하였다. 나의 경험담을 토대로 실천일기와 진실된 나의 사례들이 꿈에 대한 동기부여가 되었으면 좋겠다. 제2장 제3장에서는 꿈을 이루기 위해서 어느 하나 소외 될 수 없는 가정생활과 직장생활에서 성공할 수 있는 나만의 육아법, 직장생활 노하우는 공유하고 책을 통하여 공유하고 싶은 간접경험의 내용들도 함께 공유하였다. 어쩌면 나는 아이를 키우는 부분에서 아쉬움이 더 많았기에 후배들에게 일러주고 싶은 이야기로 남긴 것이다. 마지막으로 제4장 에서는 꿈 너머 꿈은 꿈의 의미를 찾는 여정임을 이야기 하였다. 이 책을 보는 워킹맘은 나의 이야기를 통해 희망을 얻고 열정적으로 가정 그리고 직장에서도 인정 받는 세마리 토끼를 잡는 훌륭한 워킹맘이 되길 원한다.

결국, 꿈은 나의 그리고 우리가족의 행복을 찾기 위한 것이었다. 어쩌면 조약돌의 행복을 이야기 할 수 있다. 냇가를 거닐다 보면 수많은 돌멩이 가운데 예쁘장하고 반질반질한 돌멩이들을 보며 우리는 소박한 행복의 미소를 짓는다. '꿈' 의 행복 또한 그러한 것이다. 꿈의 행복은 멀리 있는 것이 아닌 주변에서 희망을 찾고 예쁜 조약돌을 만지면 되는 것이다. 나 또한 이러한 소중한 '꿈' 의 행복을 공유하여 나와 같은 워킹맘 혹은 후배들이 열정과 진정한 행복을 찾기를 바란다.

그리고 졸작이라 용기도 낼 수 없었던 나를 대신해 출판사에 투고해주시고 응원해 주신 '행복학교' 교장 최경규 작가님, 10여년전 수필의 인연으로 마지막 퇴고까지 수정해 주시고 응원해 주신 김정현 선생님, 부족한 글을 출판을 허락하시고, 한권의 양서로 세상 밖으로 나올 수 있도록 꼼꼼히 챙겨주신 사장님과 편집장님 및 출판사 관계자 여러분에게도 진심으로 감사의 인사를 올린다.

2018년 3월 추현혜

이 책을 보는 워킹맘은
나의 이야기를 통해 희망을 얻고
열정적으로 가정 그리고 직장에서
인정 받는 세마리 토끼를 잡는
훌륭한 워킹맘이 되길 원한다.

Contents | 차 례

[제 2 장]
꿈을 이루기 위한 직장생활 노하우　　　　87

[제 3 장]
꿈을 이루기 위한 가정생활 및 육아 노하우 147

[제 4 장]
워킹맘, 꿈 너머 꿈   247

PART

01

워킹맘, 꿈을 찾아라!

"잊혀진 것처럼 살다가도 누군가,
혹은 어떤 상황이 조금만 그 일을 건드려 놓아도
지금처럼 다시 생생해지고, 여태껏 못 다 흐른
슬픈 강물 소리가 여전히 갈비뼈 밑에 웅얼대며
고여있는 듯, 묵직한 슬픔에 젖는다."

[01]

워킹맘의 거울
(지금 당신을 보라)

워킹맘, 지금 당장 거울 앞 자신을 보라. 어떠한가? 그 안에 당신이 있는가? 삶에 허덕거려 꿈을 잃어버리고 직장에서는 팀장도 신입도 아닌 샌드위치의 자리에서 이리저리 치이고, 집에서는 가사일로 지치고, 당신은 과연 어디에 있는가? 당신의 모습은 보이는가? 그리고 당신의 마음 한 구석에서는 안정적인 직장도 있고, 아이들도 잘 크고 있는데 이러면 되었지 하고 안주하고 있지는 않은가?

변화하여야 한다. 세상도 변하고 모든 것이 변한다. 변화하지 않고 이대로 주저앉아 있으면 가정에서는 아이와 신랑이 변해서 당신에게 실망할 것이고, 실력있는 후배들이 당신을 무시할 수도 있다. 직장에선 당신 월급이면 젊고 강력한 스펙으로 무장한 후배 두명을 쓸 수 있다고 생각하고 있다.

인도양 모리셔스 섬에 도도새가 살고 있었다. 하지만 이 도도새는 지금 멸종하였다. 그 섬에는 다양한 종의 조류가 살 수 있도록 울창한 숲을 이루고 있었고, 포유류 또한 없었다. 먹이가 풍부하고 천적도 없으니 힘들게 날아오를 필요도 없었다. 도도새는 오랫동안 누구의 방해도 없이 살았고 하늘을 날아야 할 필요가 없어져 그 능력을 잃었다. 그 후 사람들이 나타나 잡아 버리고 외부에서 유입된 종들로 인해 도도새의 개체 수는 급격히 줄어들다가 결국 멸종 되었다. 우리도 도도새처럼 변화하지 않는 사람, 꿈이 없는 사람은 결국 이렇게 도태되고 만다고 생각한다.

인간이 태어나면서 누구나 자기 존재감을 느끼고 인정받고 싶어 하는 본능을 가지고 있다. 심리학자 머슬로의 연구에 따르면 인간은 태어날 때부터 다섯 가지의 기본욕구를 가지고 태어나는데 그것은 생리적인 욕구, 안전에 대한 욕구, 소속의 욕구, 존중에 대한 욕구 그리고 자아실현의 욕구이다.

'사람은 오래 살아서 늙는 것이 아니라 꿈을 잃어버릴 때 늙는다' 라는 더글라스 맥아더의 말처럼 꿈은 우리에게 에너지를 가져다준다. 워킹맘은 일에 매달리고 아이를 키우고 정말 슈퍼우먼이 아닌 울트라 우먼이다. 그러나 그런 워킹맘도 꿈을 꾸어야 한다. 일에 지친 많은 사람들이 '잠이나 푹 자야지' '여행이나 실컷 다녀야지' 등의 이야기를 한다. 그러나 취미 등의 여가와 편안한 자유의 시간만으로는 만족이나 행복을 줄 수 없다. 이러한 것은 단기적으로 기쁨을 줄 수 있지만, 왠지 모를 공허함과 허전한 마음을 다 채울 수 없는 것이다. 이 공허함마저 채워질 때 우리는 행복이라 느끼지 않을까? 성취감도 느끼면서 자신의 기쁨을 조금 더 오래 누릴 수 있는 것, 적절한 목표를 갖고 그 목표에 도달하기 위해 노력할 때 얻을 수 있는 것이 진정한 행복이 아닐까? 당신은 "이 나이에 무슨! 아니면 그렇지 않아도 바쁜데" 라는 생각을 하지 않는가? 토머스 에디슨은 80대에도 발명을 계속 했고, 간디는 60대에 영국 정부의 부당한 소금세 부과에 대해 200마일 행진을 주도했다.

모든 사람들은 관심사, 야망, 개성이 다르다. 하지만 한 가지 모든 사람에게 공통적인 것은 인정을 받고 싶어 하는 것이다. 나 또한 인정받고 싶었기에 꿈을 위해 도전하였고 이렇게 드림워커가 되었다. 그러나 남들에게 인정을 받기 전에 자기 자신을 먼저 인정해야 한다. 당신은 거울을 보았는가? 나의 관심사는 무엇인지, 나의 개성은 무엇인지 알고 있는가? 남에게 인정받기 전에 자신을 인정하려면 나부터 보아야 한다.

지금 당신을 보라. 쳇바퀴처럼 돌아가는 일상 속에 가정, 직장, 그리고 울트라 우먼인 나. 설레 이고 싶지 않은가? 나를 보아라. 우린 꿈을 꾸어야 한다.

〈워키맘, 꿈을 찾아라: 실천편 일기〉

2010. 5. 21. 금요일 날씨: 하루 종일 흐림

〈모던 타임즈〉 영화의 주인공 찰리가 생각나는 하루이다. 영화의 주인공 찰리는 하루 종일 나사못을 조이는 단순조립공이다. 찰리는 반복되는 단순작업의 결과로 인해 그는 눈에 보이는 모든 것을 조이려는 강박관념에 빠지고 정신병원과 감옥을 전전한다. 우연히 동병상련의 아픔을 가진 소녀를 만나 겨우 남은 한가닥의 희망을 이어가는 것으로 영화는 끝을 맺는다. 어쩜 나와 같다. 나는 하루 종일 '후~' 불고 있다. 주인공 찰리와 뭐가 다른가? 검사실에서는 환자분들 오면 맞이하고 검사 시키고 인사 하고 나간다. 때론 진상인 환자도 있고, 내 마음데로 되지 않을 때는 화가 나기도 한다. 그리고 반복되는 단순작업 속에서 나에게 희망은 무엇일까? 즐겁게 일해야 하는데 오늘 따라 단순한 나의 업무에 싫증이 난다.

신랑에게 단순한 나의 업무를 가지고 투덜거렸더니 배부른 소리 한다고 이야기한다. 지금 밖에 있는 청년들이 얼마나 치열한 경쟁으로 취업도 하지 못하고 있는데 직장의 소중함도 모르고 그렇게 이야기 한다고...

신랑에게 아무말 하지 말 것을 하고 후회도 해본다.

그것도 맞는 말이다. 하지만 너무도 쳇바퀴처럼 돌아가는 나의 단조로움이 싫은 것이다.

무엇이 문제일까?

권태기? 10년 넘었으니깐 이제는 권태기가 와서 그런가?

내 마음을 어떻게 정리를 해야 할지 모르겠다.

02

'꿈' 연애시작
(버킷리스트)

챗바퀴처럼 돌아가는 일상 속에서 아무런 의미도 없고 단조로운 우리의 삶을 본다. 당신은 가슴 한 구석에서 허전함을 느끼지 않는가? 어느 책에선가 바쁜 일상 속에서 무언가 알지 못하는 허전함을 느낀다는 것은 우리 삶을 점검하라는 신호탄이라고 했다. 자동차도 중간 중간 정비를 하고 우리 몸도 건강 체크를 하듯이 우리의 삶도 점검해 볼 필요가 있다는 것이다. 우리 삶의 방향이 바로 가고 있는 지 점검할 수 있는 한 가지가 바로 버킷리스트(bucket list)이다. 이러한 신호탄을 감지하고 실행한다는 것은 우리 자신이 원하는 삶의 방향 데로 잘 가고 있는지를 보는 것이다.

버킷리스트란 어원은 죽음을 목전에 둔 사람이 마지막 소원을 말하는 것으로 중세 혹은 미국 서부 개척기 시대 사람의 목에 밧줄을 끼워 서까래에 매단 후 발을 받치고 있던 양동이(bucket list)를 차버리면 목을 조여 죽게 된다는 'kick the bucket'에서 유래 했다고 한다.

설령 이루지 못 할 꿈이라도 그 꿈과 희망을 생각하고 있으면 에너지가 생기지 않는가?

내가 아는 지인 중에 복권을 사는 사람이 있어 요행만 바라는 사람이라고 치부해 버린 적이 있었다. 그러던 그가 "일 주일이 얼마나 설레이는지 몰라요"라는 말에 나의 생각과 그리고 나를 한번 되돌아 본적이 있었다.

워킹맘, 당신은 설레어 보았는가? 가슴이 얼마나 뛰어보았는가? 연애할 때의 그 설레임. 그 설레임이 꿈과 희망이라면 어떠한가?

지미 헨드릭스는 가슴속 끓어오르는 뜨거운 열정 때문에 왼손으로 악수를 했다고 한다. 심장과 더 가까워서. 지금 우리에게는 이러한 열정이 필요하고, 이런 뜨거운 에너지가 필요한 것이다. 미켈란젤로도 생각만 해도 가슴이 뛰는 일을 멈추지 않고 계속했기 때문에 하루 종일 그 일에 파묻혀 살아온 결과 '천지창조', '최후의 심판' 같은 위대한 작품을 낳았다.

마시멜로 두번째 이야기에 적힌 내용 중 꿈을 이룬 사나이가 있다. 탐험가 존 고나드는 열다섯 되던 날 노트에 '나의 인생목표'를 적었다. 그는 자신이 일생을 통해 이루고 싶은 꿈을 썼고, 그 안에 '베토벤 월광 소나타 피아노 치기' '세익스피어 작품읽기' 등의 쉬운 꿈과 '낙하산 점프' '달나라 여행' 등의 쉽지 않은 목표도 버킷리스트로 적어 놓았다. 그렇게 127개의 꿈을 적고 그로부터 40년 후 〈라이프〉라는 잡지에 '꿈을 이룬 사나이'라는 제목으로 106개의 꿈의 이룬 이야기가 실렸다. 그는 카약 하나로 나일강을 완주하고, 킬로만자로 봉우리에 우뚝 서고 수많은 탐험기록을 남겼다.

워킹맘, 저 깊은 마음 안에 꿈틀거리는 그 무엇, 지금 당신 안에 숨바꼭질을 하고 있는 꿈, 생각만 하지 말고 꺼내어 적어 보아라. 적는 순간 당신 것이다. 우리는 '꿈'과의 연애를 시작해야 한다. 그렇게 나는 꿈과의 연애를 시작했다.

쇼펜하우어〈희망〉에 대하여 중 "희망은 마치 독수리의 눈빛과 같다. 항상 닿을 수 없을 정도로 아득히 먼 곳만 바라보고 있기 때문이다. 진정한 희망이란 바로 나 자신을 신뢰하는 것이다. 행운은 거울 속의 나를 바라볼 수 있을 만큼 용기가 있는 사람을 따른다. 자신감을 잃지 마라. 자신을 존중할 줄 아는 사람만이 다른 사람을 존중할 수 있다."

20년 후, 당신은 했던 일 보다 하지 않았던 일로 인해 더 실망할 것이다.

그러니 지금 당장 닻줄을 던져라.

안전한 항구를 떠나 항해하라.

당신의 돛에 무역풍을 가득 담아라.

탐험하라, 꿈꾸라, 발견하라!

– 마크 트웨인 –

〈버킷 리스트: 실천편〉

나의 지갑 안에 넣어 다니는 꿈 목록들 (2010년 겨울에)

[03]

'꿈' 줄다리기
(꾸어라, 끌어 당겨라)

한 때 유명했던 론다 번의 〈시크릿〉 이라는 책은 누구나 한번쯤은 읽어 보았을 것이다. 하지만 그 누구보다도 공감하는 사람은 바로 나다. "끌어당김의 법칙을 바라보는 가장 쉬운 관점은, 나 자신을 자석이라고 가정하는 것이다. 자석은 물체를 자신에게 끌어당긴다. 당신은 우주에서 가장 강력한 자석이다! 당신 안에는 세상 그 무엇보다 강력한 자기력이 깃들어 있고, 그 헤아릴 수 없는 자기력은 바로 당신 생각을 통해서 반영된다." 기본적으로 끌어당김의 법칙이란 비슷한 것끼리 끌어당긴다는 뜻이다. 물론 여기서는 '생각' 차원에서의 끌어당김을 이야기한다.

지금 워킹맘 당신이 하는 생각이 앞으로 당신의 삶을 만들어 낸다. 당신의 생각만으로 삶을 지배하고 행동하게 만든다. 항상 생각하니까 항상 창조하는 삶을 사는 것이다. 당신이 가장 많이 생각하고 집중하는 대상, 바로 그것이 삶에 나타나리라" 이렇듯 끌어당김의 법칙으로 꿈을 이룬 예들이 수도 없이 나온다. 나 또한 경험하였기 이렇게 워킹맘 꿈 전도사가 되려고 글을 쓰고 있다.

시골 여상 출신, 영어의 기초도 제대로 잡혀 있지 않았던 내가 두 아이를 키우며, 직장 다니며 그렇게 박사학위를 취득하고 세 마리 토끼를 잡았다. '불가능이 가능' 이란 바로 나를 두고 하는 말이다. 이 모든 것이 꿈을 꾸었고 끌어당김의 법칙으로 이루었다. 난 매일 나에게 주문을 걸었다. 나의 꿈을 끌어당겼다. 난 곧 '세바시' 처럼 방송에 출연해 '워킹맘 꿈 도전기' 를 이야기 한다. 이것이 끌어당김의 법칙, 꿈 주문, 꿈 줄다리기 이다.

이러한 끌어당김의 법칙이 과연 근거 있는 이야기일까? 하고 이야기 하는 사람들도 있고, 시크릿에 대한 평가가 다소 감상적이라는 의견도 있다. 하지만 그 뒤에 숨겨진 과학적 근거를 말하고자 한 〈일페트릭 리빙〉이라는 책에서는 양자물리학의 근거를 들어 시크릿의 원리를 이야기 하였다. 양자물리학에서 가장 중요한 문제는 하나의 빛을 두고 입자냐 파장이냐의 의견을 제시 하지만 양자물리학의 '짐 알칼 릴'은 빛은 입자로 보고자 하는 사람에게는 입자로 파장으로 보고자 하는 사람에게는 파장으로 보이는 것이라고 말하여 다른 과학자들을 놀라게 했다. 이것이 양자물리학을 이해하는 가장 중요한 관점이 될 수 있는 것이다. 결국 중요한 것은 어떻게 보고자 하는 것이다. 따라서 물질을 구성하는 원자 입자는 관찰자의 행동 자체에 영향을 받는다는 것이다.

이러한 이론을 뒷받침하는 예로 EBS 방송 '7일 간의 기적'이라는 프로그램에서 70대 후반 에서 80대 초반 남성들을 모아 7일간 추억에 대한 토론을 한 결과 참가한 노인 8명 모두 시력, 청력, 기억력, 지능 등이 신체나이 50대 수준으로 향상되었다는 놀라운 결과를 보여 주었 다. 또한 MBC에서도 이와 유사한 실험으로 따끈한 밥을 각각 두 통에 나누어 담아서 아나운서와 일반인들에게 나누어 주었다. 한 곳에는 "고맙습니다"라는 말과 다른 곳에는 "짜증나"라는 말을 하여 4주후 열어 본 결과 "고맙습니다"라고 말해 준 통에는 하얀 곰팡이와 구수한 냄새가 났고, "짜증나"라고 들려준 통에는 검은 곰팡이와 썩은 냄새가 난 것을 보여 주었다.

스티븐 스필버그는 한 인터뷰에서 "나는 열두 살 때 영화감독이 되기로 마음먹었다. 단순히 소망한 게 아니다. 나는 내 꿈을 분명하게 그렸다. 그리고 실제로 영화감독이 되었다."라고 말했다. 그는 실제로 더욱 생생하게 꿈꾸기 위해서 영화감독처럼 차려 입고 유니버설 스튜디오로 쳐들어갔다. 그의 태도가 너무 당당했기에 경비원들은 감히 제지하지 못했다. 그리고 무려 2년 동안 빈 사무실을 자기 사무실처럼 사용하다가 그의 열정에 반한 갑부의 제안을 받아들여 〈엠블린〉이란 영화로 베니스 국제 영화제 수상작이 되었고, 그 후 유명한 감독이 되었다.

조선시대 〈몽유도원도〉로 유명한 화가 안견 역시 조선 최고의 화가가 되겠다는 꿈을 놓지 않았기에 가능하지 않았을까? 그가 모신 왕은 무려 세종, 문종, 단종, 세조, 예종의 다섯 왕이었으니 역사적으로 얼마나 험난했을까 라고 예측해 본다. 그런 그가 꿈 속에서 조차 자신이 그리고 싶은 그림에 대한 갈망으로 꿈을 꾸고 그것이 현실이 된 것이 바로 몽유도원도가 아니겠는가? 꿈 속에 펼쳐진 무릉도원의 풍경이 펼쳐지고 급하게 붓을 들어 그 신비한 광경을 화선지에 그려 넣었을 안견 그 또한 절실함이 있었기에 이루었다고 생각한다.

우리 뇌 안에는 편도가 있다. 네이버 백과사전에 의하면 편도(扁桃)란 아몬드(almond)의 한자어이고, amygdala(편도)라는 이름은 아몬드와 비슷하게 생겼다고 해서 그리스어 amygdale에서 유래한 말이라고 한다. 그리고 이 편도는 감정 회로의 중심이라고 르두를 비롯한 신경학자들의 연구결과에 의해 밝혀졌으며 무의식 감정 처리에도 중요하다고 밝혀졌다. 이 편도에서 감정을 만들어 내고 그것을 기억하여 나중에 그것을 다시 보게 되었을 때 그 감정에 대한 기억을 하게 되는 것이다. 자기분야에서 잘 나가거나 성공한 사람들의 특징을 보면 '나는 할수 있어!' '나는 된다!' 등의 긍정의 말들이 몸에 베어져 있고 이런사람들은 자신의 자존감을 높여 좋은 기운으로 자기가 좋아하는 분야의 일을 하게 된다. 이렇게 되면 하는 일 마다 잘되게 되는 것이다. 즉, 좋은 느낌 혹은 예감은 좋은 결과가 나오기 마련이다. 어쩜 우리의 꿈을 위해서 지금 부터라도 긍정적으로 좋게 이야기 하여 보자. 동네 엄마들과 수다를 떨거나 직장에 가서도 긍정적으로 꿈에 대하여 이야기 하여 보자.

먼 이야기가 아닌 평범한 아줌마 워킹맘 이었던 나를 보라. 나 또한 끌어당김의 법칙을 이용하고 있다. 난 매일 상상하며 꿈을 꾼다. 꿈꾸는 다락방의 이지성이 말한 것처럼 성공하고 싶다면 성공을 생생하게 꿈꾸면 기회가 온다고. 그 꿈을 이룬 사람 바로 나이다. 이렇게 글을 쓰고 강연하지 않는가?

평범함이 비범함이 되는 끌어당김의 법칙이다. 워킹맘, 꿈을 꾸어라, 끌어당겨라. 시간과 더불어 열매 맺는 것은 과일만이 아니다. 꿈도 그렇게 익어 간다.

[04]

'꿈' 명품 카피
(멘토를 찾아라)

한국 사람들은 명품을 좋아한다. 나 역시 명품을 좋아하지만 그 좋아하는 명품이 외적인 것인 아닌 내적인 것을 추구한다. '명품' 사람에게도 '명품'의 느낌이 있다. 그런 향이 나는 사람이 있는 것이다.

시골에서 어렵게 자란 나는 고등학교까지 시골에서 나왔고 졸업 한 후 지방에 있는 대학병원에 들어가게 되었다. 그곳에서 처음 만난 교수님의 사모님을 보며 신선한 충격을 받았다. 시골에서 보아오던 나의 어머니들과는 사뭇 다른 모습이었다. 미스코리아 혹은 연예인처럼 예쁘지는 않았지만 말과 행동이 무언가 달랐다. 나는 한동안 내가 살아온 환경과 너무도 다른 그 어떤 것에 휩쓸려 잠을 이루지 못하였다. 한

참 후에 알았다. 그것이 우아한 품격이라는 것을...

나는 그 분을 따라 하고 싶었고, 난 나이 들어서도 꼭 그렇게 되고 싶었다. 그래서 마음속으로 대구 한의대 김정엽 교수님을 나의 '여성상 멘토'로 만들었다.

난 멘토가 한명만 해당 된다고 생각하지 않는다. 때에 따라 존경하고 따르고 그렇게 되고 싶으므로 여러 명이 될 수 있다고 생각한다. 대학시절에는 남달리 열정적이었던 도성탁 교수님을 존경해 마음속 멘토로 삼고 지금껏 찾아뵙고 있으며, 직장에서는 진정한 의사로써 인품과 실력을 갖춘 이관호, 정진홍, 신경철 교수님을 마음속으로 '품격 멘토'로 만들었다. 대학원 시절에는 이경수 교수님을 이제는 글을 쓰고 강연하면서 국민언니 김미경 강사, 자기계발서에 기록문화대상까지 받은 김태광 작가, 행복탐험가 최경규 작가가 나의 멘토가 되었다.

또한 내가 아는 작가 분 중 한 분은 유명한 강사이면서 저술가인 분을 롤 모델로 삼고 있다. 그 작가는 유명한 강사처럼 되기 위해 지금도 열심히 글을 쓰고, 강연을 다니고 있다. 강의 스킬도 배우면서 열정을 불태우는 듯 보였다. 분명 내가 아는 최 작가님은 머지않아 TV에 출연할 듯하다.

'멘토링'이란 사회 경험이 풍부한 멘토(mentor, 스승)와 사회 초년생인 멘티(mentee, 제자)가 만나 서로의 역량을 키우고 계발하는 과정이다. 멘토(mentor)라는 말의 기원은 그리스 신화에서 비롯된다. 고대 그리스의 이타이카 왕국의 왕인 오디세우스가 트로이 전쟁을 떠나며, 자신의 아들인 텔레마코스를 보살펴 달라고 한 친구에게 맡겼는데, 그 친구의 이름이 바로 멘토(mentor)였다. 그 후 멘토(mentor)라는 그의 이름은 지혜와 신뢰로 한 사람의 인생을 이끌어 주는 지도자라는 의미로 사용되었다고 한다.

워킹맘, 당신에겐 롤 모델이 있는가? 앞서 간 사람들을 롤 모델로 삼아 따라 해보는 것이 꿈을 향해 나아가는 빠른 방법이다. 멘토는 모두 온갖 역경을 슬기롭게 극복하고 성공을 이뤘다. 그들이 겪었던 경험, 행동 성공 스토리를 듣는 것만으로도 인생의 크고 작은 결정을 하는 데 큰 도움이 될 수 있다. 성공한 사람은 대부분 너그럽고 여유가 있다. 무언가 남을 도우려는 마음을 가지고 있다. 그들이 바쁘고 시간 없을 것이라고 미리 짐작하지 않아도 된다. 그들은 자기가 간 길을 가고자 하는 당신을 격려해주고 응원해 줄 것이다. 그리고 롤 모델을 닮기 위해 노력하다 보면 어느새 자신도 그 사람처럼 변해 있다. 이를 '피그말리온 효과'라고 한다. 피그말리온 효과는 타인의 기대나 관심으로 인해 결과가 좋아지는 현상을 뜻한다. 만약 상대방이 좋게 보고 있다면 그렇게 되려고 노력하다 보면 결과적으로 그 기대를 충족시키는 결과가 나오게 된다. 피그말리온 효과의 입증 사실은 많이도 들어 보았을 듯하다.

1968년 하버드대 사회심리학과 교수인 로젠탈 교수가 미국의 센프란시스코 한 초등학교에 다니는 전교생을 대상으로 지능검사를 하였다. 결과와 상관없이 무작위로 한 반에 20%정도 학생을 뽑았다. 그 학생들의 명단을 교사에게 주면서 이 학생들이 '지적 능력이나 학업 성취 향상 가능성이 높은 학생들'이라고 믿게 했다. 그리고 로젠탈 교수와 연구진은 8개월 후 이 전과 같은 지능검사를 다시 실시한 결과 8개월 전 명단에 올랐던 20% 정도의 학생들이 나머지 80% 학생들 보다 점수가 높게 나왔다. 그리고 학교 성적도 크게 향상 되었다는 연구이다.

꿈을 이루기 위하여 먼저 롤 모델을 정하여 보자. 평범한 사람보다는 온갖 어려움을 극복하고 자신의 꿈을 이룬 사람들을 보면 나도 할 수 있다는 용기가 생길 것이다.

먼저 당신의 인생목표와 목적을 분명하게 정하고, 당신보다 앞서 나가거나 당신이 지향하는 비전에 더 가까운 곳에 있는 사람을 찾아 그들에게 성공 비결을 물어보자.

워킹맘, 명품카피를 하여라. 멘토를 찾아 흉내 내어 보아라. 그럼 꿈이 당신 안에 있는 것이 아닌 당신이 꿈 안에 있다. 꿈은 곧 현실이다.

'꿈' 시간
(바쁜데 언제 꿈을 가지란 말이야?)

애 키우고 직장생활 하는 것도 하루하루 전쟁터인데 무슨 꿈을 가지라는 것이냐고 물을 수 있다. 나는 경북 시골 출신이다. 언젠가 "콩을 심는 것은 언제가 좋은가요?"하고 물었을 때 할머니는 올콩은 감꽃 필 때 심고, 메주콩은 감꽃 질 때 심는다고 말씀해 주신 적이 있었다. 나는 당연히 몇 월경에 심는다는 답변을 기대하였었는데 의외의 답변 이었다. 농사라는 것은 지형과 날씨 등에 따라 지역별로 답변도 달라진다.

워킹맘이 꿈에 도전하는 시기도 그러하다. 아이의 건강상태에 따라 그리고 워킹맘의 육아를 돌보아 주는 분(친정엄마, 시어머니, 베이비시터)에 따라 다를 것이다. 친정엄마에게 육아를 맡긴 금수저 워킹맘은 마음 편하게 퇴근 후 나의 계발을 위한 학습등도 할 수 있을 것이고 시어머니에게 육아를 부탁한 은수저 워킹맘은 퇴근 후 눈치 보며 자기 계발을 할 수 있을 것이다. 또한 베이비시터에게 맡긴 흙수저 워킹맘은 자기계발은 고사하고 퇴근 시간 맞추어 베이비시터 퇴근 시간을 맞추어야 함으로 자기계발은 엄두도 내지 못할 것이다.

내가 생각하는 꿈의 시점은 물론 상황에 따라 다르지만 그래도 적어도 마음먹기 달려 있다. 꿈꾸고, 미치고, 뛰어들자! 하고 실행으로 옮긴다면, 그 시기는 아이가 5세가 된 이후부터는 자기계발의 시작 시점이라고 말하고 싶다. 아이를 낳고 얼마 되질 않을 때는 아이는 밤낮이 바뀌어 엄마 또한 잠을 잘 수 없을 것이다. 또한 복직 후 아이에게 이유식과 돌치레 라는 말도 있듯이 잦은 잔병치레로 아이는 물론이고 엄마도 고생할 것이다. 이때는 워킹맘 으로써 아이에게 에너지를 더 많이 줄 수밖에 없는 시기이다. 이때에 미친 듯이 뛰어든다면 가장 중요한 아이와의 사랑을 잃어버린다. 내가 꿈을 꾸고 살아가야 하는 가장 큰 것을 잃어버린다고 생각한다.

하지만, 5세 정도 부터는 잔병치레도 줄어들고 엄마가 하는 말을 알아듣고 어린이집에서 배운 것을 이야기도 하는 시기이다. 엄마가 곧 거울이다. 아이에게 공부하는 모습을 보인다거나 아이에게 책을 읽어 주고 재운 후 자기만의 시간을 충분히 가질 수 있을 것이다. 이때부터는 자기하기 나름이다. 나 또한 막내가 여섯 살이 되던 해에 석사학위 공부를 하며 자기계발을 시작했다. 아이를 재워놓은 후 레포트를 쓰고 논문 준비도 하면서 그렇게 꿈을 키우기 시작했다.

피아니스트 한 명이 전쟁 중에 적군의 포로가 되었다. 7년 동안 한 사람만 누우면 꽉 찬 독방에서 갇혀 있었고, 그와 함께 했던 동료들은 상당수가 이미 죽었다. 그의 머릿속에는 살아야겠다는 생각으로 가득 차 있었다. 그의 신념이 통했는지 그는 전쟁이 끝나고 무사히 고향으로 돌아왔다. 사람들은 그가 돌아 온 것 보다 그의 연주를 듣고 놀라워 하였다. 예전보다 더 훌륭한 연주였기 때문이다. 그는 공포를 이기기 위해 상상 속에서 피아노를 연주하였다고 한다. 뭔가를 이루고 싶다면, 지금 우리의 머릿속은 그것으로 이미 꽉 차있다. 시작하고 나면 모든 상황이 바뀔 수 있으므로 주저하지 말고 시작 하여야 한다. 바뀌야 하는 것은 상황이 아니라 우리의 마음이다.

꿈을 꾸었는가? 꿈 마음이 닿아서 꿈 여행의 가방을 쌌다면 바로 떠나라. 지금 여행가방 이것 저것 '아이생각, 남편생각, 직장생각' 으로 가방을 채우면 그 가방은 무거워서 떠날 수 없다. 바로 떠나라. 바로 꿈과의 여행을 시작하라.

[06]

'꿈' 나
(꿈은 나를 찾는 여행)

    사람들은 누구나 '내가 꿈꾸는 진짜인 나'를 찾고 싶어 한다. 하지만 이 글을 읽는 사람들은 모르겠지만 대부분의 사람들은 그것조차 인식하지 못한다. 대부분 자기 자신에 대해 알려고 노력하지도 않고, 그저 남이 나를 멋대로 판단하고 그려 놓은 모습이 자기의 모습인 줄 착각한다. 자기 안에서 자기를 찾는 것이야말로 정말 나를 찾는 것이다. 꿈을 찾는 다는 것은 '나'를 찾는 여행이다.

    김미경 강사의 '드림워커로 살아라' 라는 책에서 작가는 방향성의 관점에서 '강한 동기로 실현하는 나다움' 이라 정의하였고, "나다움은

검증된 나, 축적된 나, '나' 가 하얀 캔버스라면 '나다움' 은 그 위에 내가 그리는 그림이다"라고 이야기 하였다.

나는 김미경 작가의 이 말에 전적으로 동의한다. 나 또한 나다운 내가 되도록 노력했다. 그러기에 내가 누구인지 찾아 헤매었고, 과연 내가 무엇을 좋아하고 무엇을 잘 할 수 있는지 고민하였다. 지금까지 많은 책에서 그리고 많은 강연들에서 꿈을 이루는 것이 곧 성공이라고 이야기 하고 있다. "꿈을 이룰려면 반기문 총장처럼 해야 해. 오바마 대통령은 어떻게 했는지 알아? 누구 누구는 어떻게 했는지 알아?"라고만 이야기 한다. 하지만 그들은 내가 아니다. '나' 는 '나' 인 것이다. 꿈을 이루기 위해 따라쟁이가 되는 것이 아닌 참다운 내 안의 '나' 를 발견하여 내가 무엇을 좋아하지는 지, 내가 무엇을 잘 할 수 있는지, 나는 무엇을 했을 때 내게는 어떤 느낌으로 다가왔는지 등..의 '나' 를 찾고 만나는 것이다. 어릴 때 그리고 나의 아이들이 꿈을 꾸는 것과는 차원이 다른 것이다. 꿈을 꾸고 꿈을 위해 달리는 시작점부터 우리는 다르기에 가장 '나' 다운 나를 발견하여 꿈을 깨워야 한다.

내 동생은 나와 연년생이며 여동생임에도 불구하고 '공고' 출신이다. 어려운 형편에 실업계를 택해야 했는데 내가 실업계인 상업계 고등학교에 다녔기에 동생에게는 차라리 공업계 고등학교가 더 나을 것이라고 해서 그곳에 갔었다. 나의 동생 또한 많은 길을 돌고 돌아 '나'

를 찾는 여행을 떠났었고 결국 늦은 나이에 나처럼 아이를 키우며 교육대학원을 입학하여 '청소년 상담학'을 전공하게 되었다. 그런 나의 동생이 하는 말이 "언니야! 아이를 낳고 키우면서 내가 진정 무엇을 좋아하고 잘 할 수 있는 지 찾게 되었어. 그리고 그 일을 하니깐 너무 즐거워~"하며 지금도 열심히 논문을 쓰며 학업에 임하고 있다. 내 안의 '나'를 찾는 순간 어쩌면 꿈길에 들어서고 이루는 것이 아닐까 생각해 본다.

추리소설의 거장 시드니 셀던은 젊은 시절 불안과 좌절의 연속이었다. 1934년 열 일곱살의 그는 자살을 결심하고 약국에서 수면제를 몰래 훔친다. 하지만 자살을 계획한 그의 아버지는 그에게 의미심장한 말을 던졌다.

"시드니, 넌 작가가 되고 싶다고 했잖니?"
"그건 어제 얘기였어요."
"그럼 내일은?"
"네?"
"내일 무슨 일이 일어날지 모르잖니. 그래서 인생이란 소설 같은 거 아니겠니? 숨 막히는 긴장감으로 가득 차 있잖아. 하루하루가 새로운 페이지인 거야. 곳곳에 깜짝 놀란 만한 일들이 숨어 있다고. 때문에 페이지를 다 넘기기 전까지는 누구도 자신의 인생을 알 수 없단다. 나는 네가 너무 빨리 책을 덮어버리는걸 보고 싶지 않구나. 네가 다음 페이지에 쏟아져 나올 숱한 기쁨과 즐거움을 누리지 못하고 가버리는 걸 보고 싶지 않아. 네 인생의 페이지는 네가 직접 써가야 한다는 걸 명심하렴." 그때부터 그는 6편의 연극 극본과 200편의 드라마 대본, 25편의 영화 시나리오, 18편의 소설을 집필하였다.

지금 워킹맘, 당신 안의 나를 찾아서 내 인생의 페이지를 우리가 써야 할 때다.

〈꿈은 나를 찾는 여행: 실천편 일기〉
2010년 10월 20일 수요일 날씨: 비가 왔다 갔다 오락가락

책상 아래 잠든 아이의 얼굴을 보니 저절로 미소 지어진다. 언제 저렇게 커 버렸지? 뱃속에서 꼬물꼬물 하던 것이 엊그제인 것 같은데 이젠 잠을 자다가 잠꼬대 까지 한다. 예쁜 울 빈이..

오늘 어린이 집에서 "꿈이 뭐에요? 어떤 사람이 되고 싶어요?" 라고 선생님께서 물었더니 빈이가 '슈퍼 사장님' 이라고 대답했다고 한다. 웃긴 나의 딸... 엄마가 아이스크림을 못 먹게 해서 슈퍼마켓 사장님이 되어 실컷 먹겠다고 했다나? 이왕이면 의사라고 이야기 하지...

그런데 내 꿈은? 내 꿈은 뭐지? 어렸을 때 나의 꿈은 선생님이었지.. 그런데 나는 꿈을 이루지 못한 거네.. 이제와 나이가 많아서 다시 교사가 될 수는 없고 지금이라도 꿈을 가져볼까?

'지금 당장 로렉스 시계를 사라' 사토 도미오는 욕망이 있고 꿈이 있으면 꿈에 계속 투자하고 그에 맞는 사람이 되어 결국 손에 넣는 다고 했는데..

나는 누구지? 추·현·혜. 내가 뭘 잘 했더라? 학교 다닐 때는 문학소녀였고, 글 쓰고 책 읽는 거 좋아했었지.. 그럼 작가? 아니야 작가는 40대 이후에 준비해서 은퇴 후 삶을 그 쪽으로 가는 거야. 그럼 30대 중반에 내가 할 수 있는 것은? 내가 잘 할 수 있는거? 뭘까? 나는 폐기능검사만 지금 10년이 넘었네. 10년이면 강산도 변한다는데.. 이휴~ 그런데 폐기능에 대해 얼마나 알고 있어? 검사하는 방법 말고는 제대로 공부를 해 본 적 있니? 이게 내 모습인거야. 지금의 내 모습.. 10년이 넘었는데도 내 분야에 대해서 완전히 알지도 못한다. 그래, 바로 이 모습이 내 모습이야. 그럼 어떻게 해야 하지? 내 분야에 전문가가 되는 것이 나의 꿈이 되어 버린거야? 그래 그걸로 하자. 비록 난 의사도 아니지만 나의 분야에 최고가 되는 것. 내 분야의 전문가가 되어 보는 거야. 그래. 꼭 해 볼꺼야! 행복의 비밀은 자신이 좋아하는 일을 하는 것이 아니라 자신이 하는 일을 좋아하는 것이라고 앤드류 매튜스가 이야기 했었지! 그래 지금 하고 있는 일을 좋아하고 최고가 되어야겠다. 근데 어디서부터 어떻게 시작해야 하는 거지????

[07]

'꿈' 시트
(꿈 시트 짜기)

LWW(Like, Well, Want)시트 활용지

엄마가 되고 부터는 아이들 혹은 남편이 무얼 좋아하는지, 무얼 잘하는지 무얼 원하는지 잘 알고 있다. 하지만 워킹맘 당신 자신은 어떠한가? 이 글을 쓰는 나조차 결혼 후 한참동안 나를 생각해 보지 않았었기에 꿈을 찾기 위해 무얼 어떻게 시작해야 할 지 몰랐다. 정진일 작가의 〈꿈이 없는 놈 꿈만 꾸는 놈 꿈을 이루는 놈〉이라는 책을 읽다가 꿈을 찾는데 많은 도움이 되었기에 소개하고자 한다.

어렸을 적엔 수업시간 혹은 발표 시간에 많이 보았던 내용일 수 도 있다. 하지만 어른이 되었을 때는 어렸을 적과 사뭇 다르다. 얼핏 보면 좋아하는 것, 잘하는 것, 하고 싶은 것을 잘 찾을 수 있을 듯하고 쉽게 보이지만 나의 경험상으로도 그렇게 쉽지만은 않다. 좋아하는 것은 취미나 열정이 관련 되고, 잘하는 것은 좋아하는 것을 오랫동안 하다보면 잘 할 수 있고, 그러다 보면 하고 싶은 것이 생기고 목표를 세우며 도전하게 만드는 원동력이 생기는 것이다.

구분	의미	관련 질문
좋아하는 것 (like)	취미(열정)	1. 내가 가장 좋아하는 것은 무엇인가? 2. 어떤 일을 할 때 제일 즐겁고 신나는가? 3. 무엇을 할 때 잠이 오지 않을 만큼 설레고 흥분되는가? 4. 언제 가장 행복한가? 5. 좋아하는 일이 여러 가지라면 어떤 일을 가장 좋아할까? 6. 여러 번 반복해도 싫증나지 않고 여전히 좋은가? 7. 일이 끝난 후에도 여운이 남는가? 8. 그 일을 생각만 해도 기분이 좋아지고, 가슴이 설레는가?
잘하는 것 (Well)	특기(차별화)	1. 내가 잘 할 수 있는 일은 무엇인가? 2. 잘 할 수 있는 일이 여러 가지라면 가장 잘할 수 있는 일은 무엇인가? 3. 나의 장점은 무엇인가? 4. 다른 사람과 다른 나만의 무엇이 있는가?
하고 싶은것 (Want)	도전(목표)	1. 왜 이 일을 하고 싶은가? 2. 어떤 목표로 이 일을 하고 싶은가?

5W1H시트 활용하기

육하원칙에 사용하는 이 질문지를 꿈을 찾을 때도 도움이 된다.

구분	세부사항	관련 질문
5W	Who	누구를 위해 일할 때 신나고 즐거우며 몰입이 잘 되고 행복한가?
	When	언제 가장 신나고 즐거우며 몰입이 잘 되고 행복한가?
	Where	어디에 있을 때 신나고 즐거우며 몰입이 잘 되고 행복한가?
	What	무엇을 할 때 신나고 즐거우며 몰입이 잘 되고 행복한가?
	Why	왜 그 일을 하면 신나고 즐거우며 몰입이 잘 되고 행복한가?
1H	How	어떻게 할 때 신나고 즐겁고 몰입이 잘 되고 행복한가?

'꿈' 목표
(속도가 아닌 방향)

　　혜민스님의 '멈추면, 비로소 보이는 것들' 이라는 책은 베스트셀러로 유명하다. 실제로 멈추면 보이는 것도 많다. 그리고 자전거를 타고 달리며 보이는 것들, 차를 타고 볼 때 모두 보이는 것이 틀리다. 빛의 속도로 달린다고 하지만 사실 인간은 물체에서 반사하는 빛에 의해서 물체를 인식하고 있지 않은가? 속도를 추구 하도록 되어 있는 인간이 빨리 가려는 만큼 제대로 보지 못하는 것이다.

　　내가 아는 선배 중에서 정말 무엇이든 열심히 하는 선배를 보았다. 그 선배는 정말 빠르게 잘하지는 못했지만 열심히 하는 모습에 늘 무엇이라도 도와드리고 싶은 그런 선배였다. 그런데 그 선배와 함께 자격증 공부를 하게 되었다. 우리 후배들이 합격을 할 때 선배의 이름은 없었지만 그 선배는 몇 년뒤 페이스북에 '축 합격'의 메시지가 크게 적혀 있었다. 후에 다른 지인에게 들은 바로는 다른 후배들이 포기하라는 충고와 교통사고를 당하여 6개월 동안 입원하였음에도 불구하고 이룬 성과라고 이야기 했다. 목표가 설정이 되었다면 속도가 무슨 문제이겠는가? 방향만 바로 가면 되는 것이 아니겠는가?

영국의 사상가 토마스 칼라일은 "목표(방향)가 확실한 사람은 아무리 거친 길이라도 앞으로 나아갈 수 있다. 그러나 목표(방향)이 없는 사람은 아무리 좋은 길이라도 앞으로 나아갈 수 없다" 우리가 꿈을 꾸는 것도 마찬가지이다. 속도를 내고 달린다고 해서 꿈이 이루어지는 것이 아니다. 원하는 곳을 향해 꾸준히 달리다 보면 언젠가는 반드시 그 꿈을 만나게 된다.

링컨은 "나는 천천히 가는 사람입니다. 그러나 뒤로는 가지 않는 사람입니다"라고 말했다.

LG 플레잉코치였던 류택현, 서른아홉의 나이에 팔꿈치 수술을 받았지만 과감히 은퇴가 아닌 복귀를 선택했다. 1년 반 동안 혹독하게 자신과의 싸움에 임했고 그런 노력 끝에 2012년 2월 2년 만에 전지훈련에 참가했다. 그 전 2007년 시즌에도 부상을 당해 극복하고 리그 최다

23홀드에 평균자책점 2.70으로 통산 최고의 활약을 펴였고 2010시즌에 팔꿈치 부상으로 수술대에 올라 방출 되었지만 그는 포기 하지 않고 2012년에 다시 마운드를 밟았던 것이다. 그는 이렇게 말했다.

"이번 전지훈련에서 나 자신에게 점수를 매긴다면 85점정도 주고 싶다. 아직 확정된 것은 아니지만 복귀에 어느 정도 다가가고 있다. 복귀를 결심했던 당시 여러 가지 이유가 있었지만 일단 나이를 먹으면 선수로서 끝났다는 주위의 편견에 지고 싶지 않았다. 또 후배들에게도 충분히 할 수 있다는 본보기가 되고 싶었고 희망의 메시지를 전하고 싶었다. 언제나 그랬듯이 포기하지 않으면 해낼 수 있다고 생각했다."

포기 하지 않으면 멈추지 않으면 반드시 해낼 수 있다. 어떤 어려움이 있더라도 계속 나아가야 한다. 그래야 이룰 수 있다. 목표만 확실하다면 속도는 문제가 아니다. 천천히 가더라도 한 곳만 간다면 아무런 문제가 되질 않는다.

워킹맘, 꿈은 속도가 아닌 방향이다. 때론 조금 늦을 수 있고, 젊은 후배들처럼 빠르게 갈 수 없을 지라도 포기하지 말고 전진하라. 돛을 당겨라. 목표를 향해서.

[09]

'꿈' 공식
(R=VD가 아닌 R=VD + P)

$R_{(realization)} = V_{(vivid)}\ D_{(dream)}$ **생생하게** 꿈꾸는 데로 이루어진다.

꿈의 작가 이지성이 말했던 '꿈꾸는 다락방' 에서 수도 없이 말했던 꿈의 공식이다.

나는 작가의 말에 충분히 공감한다. 하지만 난 여기서 좀 더 현실적인 이야기인 P를 이야기 하고자 한다.

$R_{(realization)} = V_{(vivid)}\ D_{(dream)} +\ P_{(Preparation)}$

P(Preparation)는 준비되지 않으면 꿈도 이루어지기 힘들다. 꿈은 준비가 필요하다 노력이 필요하고 그 준비가 기회 혹은 운을 만날 때 이루어지는 것이다.

아래의 표는 꿈의 공식을 설명한 것이다. X축은 시간이고 Y축은 노력이다. 가운데는 시간과 노력이 어느 정도는 되어야 하는 절대선이 있다. 그 위에 기회와 운이 있는데 준비곡선이 절대선을 어느 정도 넘은 후에 기회나 운을 만나면 꿈이 이루어지는 것이다.

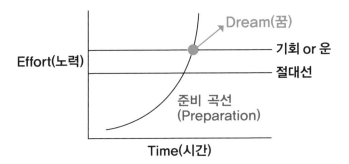

나는 아버지로부터 언제나 '노력하고 준비 했으니 이제 되었다. 때(시간)가 되면 된다. 사람에게는 언제나 때 라는 것이 있다' 라는 말을 들었다. 하지만 난 그 '때'(시간)가 언제가 될지 언제나 궁금하였다. 그런데 나에게도 이렇게 책을 내는 계기가 만들어 졌다. 내가 낼려고 한 것

도 아니고 시간이 되었을 때 써 놓은 것을 아는 작가님이 이렇게 투고를 해 주셔서 출판사와 계약을 한 것이다. 준비가 되었을 때 이렇게 기회를 잡을 수 있는 것이다. 억지로 하는 것이 아닌 자연스러운 기회 P(준비)가 X(시간) 그리고 Y(노력)이 이렇게 P(준비)와 만나게 된 것이다. 그리고 이렇게 책이 나오게 되고 꿈을 이룰 수 있는 것이다.

·

UN 사무총장 반기문은 프랑스로 부임했을 때는 프랑스어를 배우기 위해 점심시간도 시간을 나누어 단어를 외었고 오스트리아 대사로 부임했을 때는 독일어에 도전했다. 그리고 더 배우기 위해 독어권 대사들의 모임에도 참석하여 그렇게 외국어를 배웠다. 그의 외국어 공부는 그에게 커다란 기회와 행운이 되어 유엔 사무총장 후보에 나왔을 때 그의 프랑스어 실력에 각별한 관심을 보였던 프랑스가 그를 적극적으로 지지하고 나섰다. 하나라도 더 배우고 남보다 더 준비하는 그의 태도에 그는 사무총장이 된 것이다.

홈런왕 베이브 루스 역시 그렇게 연습을 많이 하였다. 집에 돌아와서도 매일 밤늦게 까지 음악을 틀어놓고 레코드판의 바늘을 뚫어져라 노려보았다고 한다. 너무 집중한 탓에 눈이 쑤시고 아플 정도였다. 공을 제대로 치기 위해 날아오는 공을 정확히 볼 수 있어야 했기에 돌아가는 레코드판의 바늘 끝을 공이라 생각하고 매일 집중하는 연습을 하였던 것이다. 그런 준비가 있었기에 전설의 홈런왕이 될 수 있었다.

워킹맘, 당신은 꿈을 위해 준비를 하여야 한다. 준비는 또 다른 나를 만든다. 만약 지금 영어가 필요한가? 당장 학원으로 달려가라.

'꿈' 자세
(독서, 옷차림에 행동이 변한다)

우리가 알고 있는 많은 성공한 사람들 예를 들어 이병철 회장, 박성수 이랜드 회장, 안철수, 반기문, 김제동, 박경철, 한비야등의 공통점은 몸에 베인 '독서 습관'이 있다는 것이다. 누구나 다 아는 이야기 이다. 우리가 흔히 말하는 영어를 잘 하는 비결 = 반복, 다이어트 비결 = 인풋보다 아웃풋이 많으면 되기에 적게 먹고 운동을 많이 하면 된다는 것. 이러한 것처럼 책을 읽는 것도 읽어야 한다는 것은 알지만 잘 되지 않는 것이 '독서'인 것이다. 하지만 이러한 '독서' 책 읽는 것도 습관처럼 몸에 붙어 있어야 한다는 것이다. 습관으로 키우려면 책꽂이 책을 꽂아 두지 말고 화장실, 거실, 침실 옆에 놓아 두어 보자. 그리고 집에 와서는 휴대폰을 내가 있는 곳에서부터 조금 떨어진 곳에 충전해 놓자. 요즘 현대인들은 책보다는 휴대폰을 들고 있는 시간이 많다. 잠시라도 시간이 있을 때 주변에 휴대폰이 아닌 책이 있다면 자연스럽게 들게 될 것이다. 이렇게 몇 달간 집 곳곳에 책을 어지럽혀 놓아보자. 아마도 어느새 책을 손에 들게 될 것이다. 나의 이러한 방법을 어떤 지인에게 추천해 주었더니 효과가 있다고 하여 제안하여 본다.

'독서'는 꿈을 이루기 위한 필수 조건의 하나이다. 많은 사람들이 책을 읽고 성공한 사람들에게서 교훈과 용기, 희망을 배우고, 다양한 지식과 정보, 지혜를 갖출 수 있었다.

나 역시 책을 통해 꿈을 키웠고 책이 있었기에 시련도 이기고 힘을 낼 수 있었다. 시골에서 어렸을 적 많이도 외로웠을 때 나의 외로움을 달래어 준 것도 책이었고, 동경과 희망의 나래를 펴게 해 준 것도 책이었다. 육아와 직장 그리고 학교를 다닐 때도 책을 놓지 않았던 것 같다. 시간이 많아서도 아니다. 버스를 기다리는 동안 몇 분, 모임에 5분, 10분 일찍 가서 읽고, 항상 책을 들고 다니면서 틈 날 때마다 읽었다. 이렇게 간단히 읽을 수 있는 책은 주로 시집, 수필집, 자기계발서 등을 핸드백에 넣어 다녔고, 머리가 아프고 잊어버리고 싶은 것이 있으면 주말에 소설책을 읽었다. 이런 독서 습관이 있었기에 나 또한 꿈을 꾸고 꿈을 향해 달리는 데 결정적인 효자노릇을 하였다.

다음은 김태광 〈인생을 바꾼 자기혁명〉에서 제시한 책을 읽으면 좋은 점 10가지를 나의 상황에 맞추어 해석해 보았다. 첫번째, 나를 볼 수 있고, 감성을 살릴 수 있다.(마음이 따뜻한 사람) 두번째, 사람을 변화시킨다. (계획을 세우는 논리적 사람) 세번째, 믿음을 가진다.(할 수 있다는 동기부여를 가진 사람) 네번째, 아는 만큼 보인다. 시야가 넓어진다.(관심의 폭이 넓어져 다방면의 지식인) 다섯번째, 부정에서 긍정으로의 사고 전환이 쉽다.(긍정적인 사고를 가진 사람) 여섯번째, 생기와 활기가 넘친다.(꿈꾸는 사람) 일곱번째, 잊어버리지 않는다.(꿈을 잊지 않는 사람) 여덟번째, 항상 배우려는 자세를 가질 수 있다.(교훈을 얻는 사람) 아홉번째, 일을 현명하게 처리할 수 있다.(지혜로운 사람) 열번째, 항상 노력하고 성실의 자세를 갖출 수 있다.(노력하는 사람)

시치다 마코토의 〈성공한 사람들의 독서습관〉에서는 "한 달에 적어도 30권에서 50권의 책을 읽기 바란다. 가령 평균 3권을 읽는 사람이 있다면 그 사람은 전혀 읽지 않는 사람보다 세 배 이상 살아 있는 지혜나 지식을 몸에 익힐 수 있을 것이다. 30권을 읽는 사람은 월 평균 3권을 읽는 사람보다 열 배의 지혜나 지식을 얻게 된다. 그러면 그 차이는 분명하게 드러난다." 오프라 윈프리도 "책을 통해 나는 인생에 가능성이 있다는 것과 세상에 나처럼 사는 사람이 또 있다는 걸 알았다. 독서는 내게 희망을 줬다. 책은 내게 열린 문과 같았다." 독서를 이야기 하며 성공하였고, 빌게이츠는 "지금의 나를 만든 것은 동네의 공립도서관이었다. 훌륭한 독서가가 되지 않고는 참다운 지식을 갖출 수 없다. 멀티미디어 시스템이 정보 전달과정에서 영상과 음향을 많이 사용하지만 문자 텍스트는 여전히 세부적인 내용을 전달하는 최선의 방법이다. 나는 평일에는 최소한 매일 밤 1시간, 주말에는 3~4시간의 독서시간을 가지려고 노력한다. 이런 독서가 나의 안목을 넓혀준다." 그는 어릴 때부터 책벌레였고 최고가 된 지금도 독서를 통해서 성공을 유지하고 있다.

'미국 언론인 베넷' 의 말처럼 "책은 인생이란 험준한 바다를 항해하는 데 도움이 되게끔 남들이 마련해 준 나침반이요, 육분의요, 도표다" 워킹맘 으로써 인생을 어느 정도 살아가는 우리에게 뒷받침이 되는 명언이다.

워킹맘, 꿈을 꾸고 이루고 싶은가? 독서로 인해 나도 바뀌었고 가장 가까운 나의 동생도 바뀌는 모습을 보았다. 독서는 우리의 인생을 바꾸기 위한 절대 조건이다. 한 분야의 책도 100권 이상 읽으면 전문가가 된다. 〈독서천재가 된 홍대리〉의 이야기처럼 다른 사람의 이야기가 아닌 우리의 이야기인 것이다. 아는 만큼 보이고, 보이면 이야기 하게 되고, 가르칠 수 있게 된다. 그리고 존경받게 된다. 독서는 알 수 있고 보이게 하며 존경받을 수 있도록 만든다. 얼마전 '알쓸신잡' 이라는 프로그램이 유행했었다. 그 곳의 출연자들이 얼마나 많은 지식들을 가지고 있는가? 나 스스로도 그 분들을 존경하지 않을 수 없었다. 그리고 어떤 분야이든지 그 누구와도 대화가 됨을 우리는 직접보지 않았던가? 책은 우리의 뇌를 유연하게 하여 말투조차 바뀌게 된다. 어느날 예전에 말투와 달라진 나를 보며 '가식적' 이라고 말한 사람을 보았다. 처음엔 나 자신도 내가 '가식인 것 아닐까?' 라는 생각에 나를 되돌아보는 고민을 했지만 '가식' 이 아니었다. 그것은 분명 교육과 독서에 의한 '변화' 가 된 나였던 것이다.

사람은 읽는 데로 보이고 행동하고 만들어진다. 그렇게 만들어진 의식과 행동들이 꿈을 현실로 만드는 것이다. 그리고 인생을 살아가다 급박한 상황과 꿈을 잊어버리는 시점이 왔을 때도 나의 꿈을 다시 깨울 수 있는 것이 바로 '독서' 인 것이다. 워킹맘, 읽어라. 꿈이 보인다.

워킹맘의 아침은 전쟁이다. 아침상은 물론이고 아이의 패션까지 신경 쓰다보면 워킹맘 자신이 어떨 때는 어떠한 옷을 입고 가는지 조차도 모른다. 하지만 그것은 직장생활에서 치명적이다. 꿈을 이루려면 슈퍼우먼이 아닌 슈퍼 울트라 우먼이 되어야 한다. 그리고 가만히 자신을 들여다보아라. 그리고 워킹맘 선배 중에 멘토가 될 만한 사람을 보아라. 그 선배는 옷을 어떻게 입고 있는가?

내가 아는 워킹맘 선배 중에는 옷을 잘 입는 선배가 있다. 그 선배는 명품 옷을 입는 것이 아니라 언제나 정장스타일로 깔끔하게 입었다. 그래서 선배에게 "선배님 그렇게 옷을 입고 다니시면 불편하지 않으셔요?" "무슨~ 난 이렇게 입는 것이 좋아, 이렇게 갖추어 입으면 어느 누구도 나를 함부로 하지 않잖아. 그리고 나 자신도 일을 하러 온다는 자부심도 생기고 아이들도 엄마가 예뻐 좋데"라는 말을 들은 적 있었다. 가만히 생각해 보면 나의 딸도 치마를 입고 갔을 땐 조신하게 행동하다가 체육복을 입히면 치마를 입힐 때의 모습과 확연히 다른 모습을 보인다. 꿈을 이루기 위해선 이렇게 나 스스로를 만들어야 한다. 옷차림 하나 부터 나의 변화된 모습을 보여야 한다.

〈꿈, 자세: 실천편 일기〉

2010. 12. 30 목요일 날씨: 맑고 좋음 그런데 추움

한해가 마무리 되는 지금이다. 며칠 동안 송년회로 정신이 없었네. 그건 글쿠 경희는 왜 선영이에게는 전화 안하고 나에게만 하는지 모르겠다. 꼼으로 겨울 휴가 간다고 자랑질로 전화하는 지집애.. 좋겠다~ 학교 다닐

때는 찌질 하더니 시집 잘 가서 여름휴가도 나갔다 왔다더니 또 겨울 휴가도 나간다고 전화질 하네.. 내가 제일 만만한 건가? 선영이 에게는 전화 안하고 나한테만 전화하고 지집애~ 난 직장생활에 집까지 정신도 없는데.. 집에서 애들 돌보고 저렇게 신랑 따라 놀러가고 어휴~ 팔자 좋은 지집애~

오늘은 '거울'을 한참동안 바라보았다. 그 안에 누가 있는지를.. 전문가가 되기로 마음을 먹고 며칠 전 부터 나 자신을 보고 생각하였지만 오늘처럼 이렇게 깊이 생각 해 보진 못했던 것 같다. 추현혜. 책을 좋아하던 순수한 시골 왈가닥 소녀. 학생회장까지 했었는데.. 어느새 이렇게 얼굴에 주름이 생겨 버렸지? 직장생활도 10년차가 넘었고 저렇게 잠들어 있는 나의 토끼들까지.. 에궁! 뱃살은 이게 뭐야. 덕지 덕지. 신랑 만나기 전에 대학 다닐 때도 그렇고 그래도 인기 좋았었던 것 같은데.. 옷도 제대로 산 적이 없었네. 살 빼면 예쁜 옷 사 입어야지 해놓고선.

참! 전문가가 되기로 했었지. 내년에는 석사과정에 등록도 하고 살도 좀 빼서 정말 프로페셔널하게 변해야겠다. 그런데 지금 내 모습은 어떠한가? 그럼 이 뱃살이 문제이네.. 내년부터는 살부터 빼야겠다. 이제 시작이다. '살과의 전쟁'

2011. 7. 9. 토요일 더위가 시작된 듯함.

오늘 몸무게 올라가보고 놀랐다. 드디어 목표 했던 52kg이 되었다. 10kg. 연애인들은 고무줄 몸무게처럼 잘도 찌우고 잘도 **빼던데**.. 나는 6개월 만에 이루어낸 성과이다. 눈물 난다. 얼마나 많이 먹고 싶었던가? 얼마나 많이 참았던가? 시골에 가서 그렇게 좋아하던 솥뚜껑 위에 지글 지글 구운 삼겹살을 눈앞에 구워 주면서도 먹지 않고 참지 않았던가! 매일 밤 구민운동장 돌고 탁이 태권도 갈 때 같이 가서 태권도도 배우고! 운동보다 힘들었던 건 먹고 싶은 것을 참는 것이 제일 힘들었었는데.. 이 기쁨의 순간이 우왕~ 드디어 해내었다. 내일 일요일이니깐 당장 가서 예쁜 걸로 사야겠다. 드디어 55사이즈를 입게 되는구나.. 아싸~~

〈꿈 꾸기 전, 후 달라진 내 모습〉

Before   After

[11]

'꿈' 슛팅
(꿈을 위해 부딪쳐라)

숫타니파타의 '무소의 뿔처럼 혼자가라'
는 말은 예전에 영화로 나왔기 때문에 많은 워킹맘은 기억할 것이다.
여기서 말하고 싶은 것은 난 코뿔소를 이야기 하고자 한다. 코뿔소는
거대한 몸집을 가졌지만 10미터도 볼 수 없을 정도로 시력이 나쁘다.
그리고 영리한 것도 아니다. 영국의 역사학자 폴 존슨의 '코뿔소 이
론'에 따르면 코뿔소는 무엇이든 눈앞에 새로 나타나면 돌격할지 말
지 결정했다가 일단 돌격 하면 온몸을 던진다. 코뿔소처럼 우린 꿈을
정했으면 온몸을 던져 보아야 한다.

어떤 일을 하든지 처음부터 잘 하는 사람은 없다. 일은 하면 할수록

전문성도 생기고, 노하우도 생기기 마련이다. 경험보다 좋은 스승은 없다. 무엇이든지 부딪혀 보고 꾸준히 하면 되지 않을 것도 없다. 꿈도 마찬가지이다. 미래를 꿈꾸는 워킹맘 이라면 여러 가지 경험을 쌓을 기회를 스스로 찾고, 또 자신에게 이런 기회가 주어졌을 때를 이를 발전의 기회로 적극적으로 활용해야 한다.

워킹맘은 바쁘고 산후 우울증을 겪은 후라 때로는 망설여 질 때가 많다. '내가 과연 잘 할 수 있을까?' '이러니깐 애 엄마라는 소리 들으면 어떻게 하지?' 라는 이유로 용기를 내지 못하고 많은 망설임과 자신감이 결여되기 쉽다. 처음부터 잘하는 사람은 없다. 하다보면 익숙해지고, 실력도 늘어난다. 부딪혀가면서 배우려는 용기만 있다면 그 다음은 꿈을 이루는 것에 반은 도달해 있다.

전설적인 홈런왕 베이브 루스는 통산 714개의 홈런을 쳤고 2,212타점을 냈다. 그는 타자로서 뿐 아니라 투수로써도 빼어난 기질을 보였는데 94승 46패를 기록했고 방어율도 한 게임에서 2점 이상을 빼앗기는 일이 드물었다. 그러나 그는 1,330번의 삼진의 기록 있다. 하지만 그는 한 번도 자신의 삼진기록을 부끄러워 한 적이 없었다고 한다. 홈런을 치려면 단순히 공을 배트에 갖다 데는 것이 아닌 스윙을 하여야 한다. 힘껏 스윙을 많이 할수록 홈런을 칠 수 있고 자연스럽게 삼진의

숫자도 많아지는 것이다. 그가 삼진이 두려워 힘껏 스윙을 하지 않았다면 그렇게 훌륭한 전설의 홈런기록이 있었을까?

　다음은 전주혜〈버텨라 언니들〉에 나온 사례이다. 〈하버드 스타일〉 강인선 작가는 초임기자 시절 어느 주한 외국 대사 인터뷰를 하게 되었다. 영어를 비교적 잘 하는 편이었지만 그렇다고 원어민 수준의 영어실력은 아니었기에, 통역 없이 진행해야 하는 인터뷰를 앞두고 해야 하나 말아야 하나 고민한 끝에 '에잇, 까짓 거 그냥 부딪쳐보자'고 결심했다. 하기로 마음먹은 이상 최선의 준비를 하는 것이 최고의 대책이었다. 영어로 질문지를 만들어 달달 외워서 갔다. 또, 인터뷰 한 다음에는 몇 번이고 몇 십 번이고 녹음테이프를 반복해서 들으면서 한 부분이라도 놓치지 않으려고 온 신경을 집중했다. 그렇게 영어로 인터뷰 기사를 작성하고 나니 영어 실력이 늘었음을 스스로 직감했다. 게다가 회사 안에서 '영어하는 기자'로 꼽히게 된 건 생각지 않은 행운이었다. 그 후 영어 인터뷰 기회는 모두 강기자 차지가 되었고, 영어 실력 또한 쭉 상승곡선을 타게 되었다. 영어로 말할 일이 생겨 어쩔 수 없이 영어에 관심을 가지게 되고, 그 과정에서 조금씩 영어가 늘고 이런 식으로 긍정적인 순환이 계속 되었던 것이다.

　이렇듯 강인선 작가처럼 부딪쳐야 이룰 수 있다. 그리고 이렇게 몰입을 해야 할 필요가 있다. 사실 워킹맘에게 주어진 일만 하기도 바쁜데 뭔가 한 다는 것은 쉽지 않다. 남은 시간에 뭔가를 하려고 하다보면 항상 뒷전에 밀리게 되므로 스스로 일을 만들어서 부딪치고 몰아 부치는 것도 좋은 방법이 된다. 당장은 고되고 후회가 되어도 완성 후 큰 성취감을 맛볼 것이다. 이런 과정을 하나하나 밟아 가다 보면 조금씩 발전된 나를 발견 할 수 있을 것이다.

또 다른 예로 스타 강사 김미경 또한 지금은 스타강사이지만 예전에는 피아노 학원 원장이었다고 한다. 피아노학원 홍보를 위해 돌아다니며 벽에 전단지를 붙이고, 경비아저씨와 친분을 쌓아 피아노학원홍보에 도움을 받았다고 한다. 이런 적극적인 자세가 필요한 것이다. 내가 생각하는 김미경 강사는 다른 그 어떤 무엇을 하더라도 성공하였을 듯하다.

대부분 사람들은 설레임보다 두려움에 더 민감하다. 그렇다고 걱정하지마라. 꿈의 저울에 설레임과 두려움을 올려놓고 설레임에 용기를 더하여 주면 절대 저울이 올라가지 않을 것이다.

꿈을 슈팅하라. 설레임으로 시작하라. 부딪쳐보자.

너무나도 우리는 자주 두려워합니다.

우리가 할 수 없을지도 모른다는 사실에 겁을 냅니다.

우리는 노력하고 있다고 사람들이 생각한다는 사실에 겁을 냅니다.

우리는 '예' 라고 말하고 싶으면서도 '아니오' 라고 말합니다.

고함치고 싶으면서도 조용히 앉아 있습니다.

그리고 침묵해야 할 때 우리는 다른 사람들과 함께 고함칩니다.

왜?

두려워할 시간은 없습니다. 겁내지 마십시오.

당신이 해보지 않았던 일을 해보십시오.

모험을 하십시오. 신문사에 편지를 쓰십시오.

급여 인상을 요구하십시오. 코트에서 승자를 부르십시오.

TV를 던져버리십시오. 자전거로 미국을 횡단하십시오.

봅슬레이를 하십시오. 어떤 것이든 한 번 해보십시오.

지명타자에게 큰 소리를 질러 보십시오.

언어가 통하지 않는 나라로 여행을 떠나 보십시오.

특허를 신청하십시오. 그리고 그녀에게 전화를 하십시오.

당신에겐 잃어버릴 것이라곤 아무것도 없으며, 오직 얻을 것만 있습니다.

'일단 한 번 해봐. Just do it'

– 나이키 신문광고 중에서 –

〈꿈을 위해 부딪혀라: 실천편 일기〉

2011. 9. 24. 토 날씨 가을이 성큼 다가온 듯하다.

지난 주 추석의 휴유증은 지났을 터인데 왜 이리 힘이 없는지 모르겠다. 처음 대학원 앞 플라타너스 나무가 나의 설레임을 알고 반갑게 맞아 주었었다. 하지만 오늘 학교 앞의 플라타너스 나뭇잎은 축 처져 있는 것이 나를 위로하는 듯하다.

대학 졸업한지도 벌써 10년이 훌쩍 넘었다. 볼펜을 안 잡아본지도 엊그제 같은데 오늘의 과제는 나를 절망스럽게 한다. 내가 대학 다닐 때는 워드프로세스는 있었지만 파워포인트라는 것도 없었다. 파워포인트라는 나에게는 생소한 컴퓨터 프로그램도 나를 답답하게 하지만 신입생 소개할 때도 나보다 어려보이는 여러 선생님 혹은 나보다 연배가 많은 선생님들은 정말 부끄러움 없이 앞에 나와서 이야기도 잘했다. 그런데 나는 사실 앞에 나가는 것조차 쭈뼛쭈뼛하였다. 아이가 어린이집 입학할 때 손잡고 아이들 소개하면서 이야기를 해 본 것 말고는 내가 나를 소개하며 앞에서 발표할 일이 없었다. 그저 직장에서는 검사만 열심히 하면 되었고 이렇게 앞에 나와서 나를 소개할 일이 없었기 때문인가.. 쿵쾅 대는 나의 가슴을 눈 지그시 감고 볼펜을 세게 잡으며 앞을 보고 어떻게 소개 하였는지 소개 하고 안으로 들어왔다. 예전엔 그래도 총학생 회장까지 했었는데 나는 왜 이렇게 되었을까? 발표하는 것도 두렵고 파워포인트를 어떻게 만들어서 어떻게 발표를 해야 할 지 앞이 막막하다. 나의 첫 레포트!!

2011. 9. 27. 화 날씨 맑음

정말 어이 상실이다. 헐~ 이다. 파워포인트 책을 사서 펴 놓고 따라 해 보는 데도 잘 되질 않아 탁이 아빠에게 가서 슬쩍 부탁 좀 했다. 그런데 뭐라고? 그것도 모르냐고 그러게 직장 잘 다니고 애 잘 키우면 되지 왜 새삼스럽게 공부를 하냐고.. 그러게 그게 쉬운 줄 아냐고.. 나의 자존심을 팍팍 건드린다. 어휴 더러워서.. 두고봐.. 될 때까지 또 해보고 해 볼꺼다...

2011. 11. 12. 토 날씨 맑음

드디어 발표를 끝냈다. 어떻게 끝냈는지 모르겠다. 나랑 친하게 된 성미샘 에게 물었더니 말을 너무 빨리 했다고 한다. 어휴!! 덜덜덜 떨려 어떻게든 빨리 발표하고 내려가고 싶은 나의 마음이 고스란히 들어가 있어서 아마도 빨리 말했나 보다. 그리고 발표하기 전 자신감을 얻으려고 자신감에 대한 내용을 찾다보니 내가 기록해 두었다. 다음에 또 써먹을 일이 있어 이렇게 적어 놓아야겠다.

[자신감에는 네 단계가 있다. 처음에는 '무의식적 무능감' 이다. 내가

뭘 하는지도 모르는 단계다. 그러다가 '의식적 무능감'이 온다. 내가 무엇을 못하는지 스스로 알게 되는 것이다. 그러한 사실을 깨닫는 순간 성장하게 된다. 그 다음 단계는 바로 '의식적 자신감'이다. 한국에서 살 때는 영어를 못하는 것에 대해 신경도 안 썼는데(무의식적 무능감) 해외여행을 나가보니 '아 영어를 못하는 구나' 라는 생각을 하게 된다(의식적 무능감). 그런 경험을 한 번이라도 해서 '영어 공부를 해야겠다'고 생각하고 노력하다 보면 어느 순간 '우와, 나 영어 좀 되는데' 하는 의식적 자신감에 이르게 된다.]

나도 이렇게 되면 참 좋을 텐데.. 나 스스로 나 좀 잘하는데? 라는 의식적 자신감을 갖고 싶다. 우왕~ 지금은 쥐구멍이라도 들어가고 싶다. 레포트 쓴다고 정신이 없어 탁이 준비물도 깜빡 잊어버렸었는데.. 정말 내가 잘 선택한 일이었을까? 오늘 병원에서도 낙상 환자가 있어 힘들었는데.. 정말 눈물 난다.. 힘들다..

2016. 12. 10. 토 날씨 추움

"탁이엄마, 나 이번에 본부장님 앞에서 발표 할 일이 생겼어. 내가 만들고 당신 보여 줄 테니깐 당신이 손 좀 봐줘" 나도 곧 박사 논문 발표가 있어 많이도 바쁜데.. 예전 생각하면 해주고 싶지 않지만 그래도 신랑의 내조를 위해선 해 주어야겠지..

〈꿈을 위해 부딪혀라: 실천편〉

[2011. 11. 8] 처음으로 만들어 보았던 파워 포인트이다.(도표를 어떻게 그리는 것조차 몰라서 얼마나 헤매었는지 모른다. 이렇게 시작했다)

[2016. 5. 3] CS 모의 강의 때 발표 자료이다. 이렇게 많이 발전 하였다.

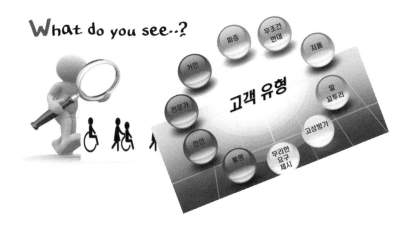

12

'꿈' 습관
(미친 습관으로 만들어라)

꿈을 꾸고 부딪쳤는가? 행동했는가? 실행
했으면, 이젠 내 것으로 만들어야 한다. 내 몸에 착 달라붙어야 한다.
이것이 습관이다. 습관이란 "어린 새가 날갯짓을 연습하듯 매일 반복
해 마음에 꿰인 듯 익숙해진다." 라는 뜻을 담고 있다. 매일 30분씩 하
려 했으면 바로 실행하고 내 것으로 만들려면 습관이 되어야 한다. 나
는 아침에 에너지를 얻고 마음 수련을 위해 직장에 있는 종교실로 향
한지 벌써 10여년 정도 되었다. 처음에는 힘들었지만 지금은 출근 하
자마자 올라가지 않으면 무엇인가 허전하여 안절부절 못하게 된다. 그
리고 습관이 잡힐 수 있고, 억지로 라도 할 수 있도록 하기 위해 종교
실 열쇠담당 부 재무를 맡았고, 부 재무의 역할이 끝난후 지금은 청소

여사님께서 종교실 문을 열어주셔도 어김없이 올라가 마음 수련을 한다. 그리고 영어공부를 위하여 아침에 일어나면 EBS라디오를 틀고 아침준비, 출근준비를 한다. 이러한 습관 때문에 에너지업을 시킬 수 있었고, 영어를 잘 하는 것은 아니지만 적어도 외국인을 만나도 두렵다거나 외국에 나가서 길을 물을 정도는 되는 듯하다. "낙숫물이 바위를 뚫는다"라는 속담이 있듯이 별로 대단해 보이지 않아도 '오랫동안 그 일을 지속적으로 하면 큰일을 이룰 수 있다' 라는 말도 있지 않았던가?

습관이 되기 위해서는 억지로라도 할 수 있도록 만들어 버리는 것은 참 좋은 것 같다. 나의 사군자 스승이신 '사공홍주' 선생님께서는 한문을 배우러 향교에 다니셨다. 시간이 모자라 새벽반을 다니셨는데 새벽 6시에 매일 하는 꾸준함을 실행하기 위해 억지로 그곳에서 한문을 가르치는 선생님을 매일 10년 이상 모시고 오셨다고 한다. 이 분은 지금도 유명하시지만 후에 분명 더 이름을 떨치시리라 생각되어진다. 이렇게 열심히 해오셨는데 어찌 성공하지 않을 수 있겠는가? 인내력이 부족 해 질듯하면 본인 스스로 어쩔 수 없는 상황으로 만들어 꾸준함으로 밀고 가야 한다. 이런 꾸준함이 습관으로 만든다.

1830년, 프랑스 작가 빅토르 위고는 출판사와 계약을 맺고 일 년 안에 작품을 하나 써내기로 했다. 위고는 자신의 모든 에너지를 작품에만 쏟아 붓겠다는 결심을 세우고 한 가지 묘안을 짜냈다. 스웨터 하나만 걸친 채 나머지 옷가지는 모두 트렁크에 넣고 잠근 다음 그 열쇠를 호수에 던져버린 것이다. 외출할 때 입을 옷이 없으니 친구를 만나거나 밖에 돌아다닐 생각은 엄두도 내지 못하리란 생각이었다. 결과적으로 위고는 식사 할 때나 잠잘 때를 제외하고는 오로지 책상 앞에 앉아 글 쓰는 작업에만 매달릴 수 있었고 그 덕분에 예정보다 훨씬 앞당겨 5개월 만에 〈노트르담 드 파리〉를 완성하였다.

누른 도요새는 지렁이를 먹고 살기 때문에 지렁이의 행동을 잘 알고 있다. 지렁이는 땅이 건조 할 때는 땅속 깊이 들어갔다가 비가 내리면 신속하게 땅 밖으로 기어 나와 물에 잠겨 숨 막혀 죽는 것을 피한다. 지렁이가 비 오는 순간에 이렇게 신속하게 포착하여 대피할 수 있는 이유는 바로 빗방울이 땅을 때리는 진동을 감지 할 수 있기 때문이다. 누른 도요새는 땅이 건조하여 지렁이를 찾기가 힘들 때는 어미가 새끼들을 거닐고 나가 부리로 땅을 이리저리 찍어 비가 오는 것과 같은 진동을 내어 지렁이를 땅 밖으로 유인하여 잡아먹는다. 또한 누른 도요새의 두 눈은 머리 정상 부위에 있어 앞뒤 자우 360도를 관찰할 수 있도록 되어 있으며, 귀는 눈과 8센티미터나 되는 부리 사이에 위치에 했어 부리를 통해 전해오는 땅 속의 작은 움직임도 들을 수 있다. 심지어는 발바닥도 신경이 예민하게 발달되어 있어 눈과 귀와 함께 작은 지렁이의 움직임도 감지 해낼 수 있도록 설계되어 있다.

이렇게 누른 도요새 이야기는 창조과학회 이우상 교수의 이야기 통해 알게 되었지만, 누른 도요새 뿐 아니라 우리의 꿈도 이런 진화론과 똑같다.

꿈을 향한 열정 도전들이 나의 몸속에 깊숙이 자리 잡으면 꿈을 향하여 나의 몸도 습관이 되어 이렇게 진화론처럼 바뀌게 된다. 성공하는 습관은 매우 중요하고, 일을 효율적 열정적으로 하는 것은 사실 습관에서 비롯된다.

열정적인 사람들을 보면 대부분 그들은 지치지도 않은 듯 짧은 시간에 많은 일을 해낸다. 꿈 전도사 김수영을 보아도 어떻게 그렇게 많은 일들을 그 시간에 다할까라는 생각을 해본 적 있다. 그들의 특징은 성공하는 습관을 가지고 있기 때문이다. 일을 다른 사람보다 효율적으로 처리하고 어떤 일에 열정적으로 임하므로 그것이 습관이 되어있기 때문이다.

우리는 워킹맘 이다. 어쩜 그 누구보다 많은 일들을 짧은 시간에 해내어야 한다. 꿈을 이루기 위해선 열정적으로 모든 일을 처리하고 습관이 되어 몸에 착 달라붙을 수 있게 만들어 버리자.

13

'꿈' 시련
(꿈 여행 중 길을 잃을 때)

아이를 낳고 직장생활까지 하는 우리는 삶을 살아가면서 인생의 굴곡을 더 느낄 것이다. 슬픔도 없고, 아픔도 없고 인생의 행복한 날만 있는 것이 아니다. 꿈을 꾸고, 우리의 꿈 여행에서 역시 실패와 좌절이 없을 수 없다.

구실일득(九失一得), 구패일득(九敗一勝) 아홉 개를 잃어야 한 개를 얻을 수 있고, 아홉 번을 져야 한번을 이길 수 있다는 말이 있다. 무엇을 얻고 이루려면 이러한 실패 없이 잃는 것이 없이 어찌 얻는다는 것은 욕심일 것이다. 하물며 우리는 자전거를 배울 때 무릎이 까지도록 넘어진 후에야 비로소 균형을 잡고 앞으로 나가는 경험을 해보았을 것이다.

이 글을 쓰는 나 역시도 과거 누구 보다 절망적인 상황에 놓여있었던 적이 많았다. 하지만 꿈 여행 중에 길을 잃고 시련을 겪었을 때 또 고개를 든 것은 '나는 할 수 없어, 내가 뭘, 그럼 그렇지가' 아닌 절망이란 단어 보다 희망이란 단어였다. '예전에는 이것보다 힘들었는데 잘 이겨 냈잖아' '시간이 약이야' '난 할 수 있어' '세상사는 게 다 글치 이럴 수도 있고 저럴 수도 있는 거지' 하며 긍정적으로 그리고 마음을 편안히 하려고 노력하였다.

어렸을 적 위인전을 읽어 본 적이 있는가? 모든 위인 그리고 우리가 살아가는 모든 일에 시련이 없을 수 없다. 또한 훌륭한 리더 와 성공한 사람들 모두 시련 없이 성공한 적은 없다. 실패와 성공의 두 가지 길은 시련 속에서 다시 일어서는 것이 성공한 사람이며 다시 주저앉으면 실패한 사람이다. 그 특징 중에 시련이 와도 그것을 시련이라 생각하고 인정 한 뒤에 다시 일어서기 위해 노력한다. 포기 하지 않는다. 그리고 그것을 남 탓으로 돌리지도 않고, 그 자체를 배움으로 생각한다. 그것이 바로 꿈을 성공시키거나 성공한 사람의 결과물 들이다.

경영의 신 마쓰시타 코노스케는 자신의 성공요인을 첫 번째, 집이

가난했기 때문에 어릴 적부터 구두닦이, 신문팔이 등을 하여 세상을 살아가는 데 필요한 많은 경험을 쌓을 수 있었다고 하였고 두 번째, 태어났을 때부터 몸이 몹시 약해서 항상 운동을 했기에 늙어서도 건강하게 지낼 수 있게 되었다고 하였다. 세 번째, 초등학교도 못 다녔기에 모든 사람을 나의 스승으로 여기고 누구에게나 물어가며 열심히 배우는 일을 게을리 하지 않았다고 이야기 하였다. 이렇듯 시련을 시련이라고 생각하지 않고 은혜로 보는 긍정적인 생각들이 성공을 이끄는 것이다.

꿈을 꾸고 달리다 보면 시련이 없을 수 없다. 어떻게 시련 없는 성공이 있으랴? 하지만 그 시련을 어떻게 현명하게 딛고 일어나느냐가 꿈을 이룰 수 있고 다시 재기 하는데 필요하다. 그 대표적이 예로 천호식품 김영식 회장은 그의 저서 〈10미터만 더 뛰어봐!〉에서 "넘어진 자리에서 다시 시작한 덕분이다. 만약 내가 사업이 완전히 거덜 났다고 해서 본업을 바꿨더라면 아마 성공하기 힘들었을 것이다. 이미 비전문 분야에 뛰어들어 참담한 실패를 맛보지 않았는가. 그래서 나는 본업인 건강식품 사업으로 다시 일어서리라 결심하고 모든 것을 던졌다." 김영식 회장은 1997년 IMF로 직원도 나가고 경매도 부쳐져 사업에 실패했지만, 다시 일어서기 위해 여관을 전전하면서 아침 6시 30분이면 일어나 강남역 지하도 입구 출구에서 8시 30분까지 전단지를 돌리고 사무실로 향했다고 한다. 퇴근 시간에는 항상 가방에 전단지를 넣고 다니면서 전봇대 틈새, 승용차, 식당, 골목길 눈에 보이는 모든 공간에 일일이 전단을 꽂아 두었고 누구를 만나든 무조건 전단을 건넸다고 한다. 그러다 전단을 뿌리기 시작한 첫 달에 1998년 1월 1,100만원에서 6월쯤에는 9억 6,000만원까지 기적적으로 매출이 올랐다고 하였다. 이 모든 것은 그의 열정이 아니었을까? 모든 사람들은 실패를 맛보면 그 자리에서 주저앉아 신세 한탄을 하고 우울함에 빠진다. 그리고 포기를 해버린다. 하지만 그는 절대 포기 하지 않고 오히려 더 열정적으로 뛰어들었다. 자기 자리에서 할 수 있는 한 최선을 다하였던 것이다.

미국의 현대무용가인 트와일라 타프 〈천재들의 창조적 습관〉는 하버드 비즈니스 리뷰에서 이렇게 말했다. "가장 바람직한 실패는 공개되지 않는 사적인 실패다. 이를 테면, 내가 사무실에서 만들어 보는 안무의 실패와 성공의 비율은 6대 1정도가 될 것이다. 즉 나는 최종적으로 쓸 작품보다 6배나 많은 작품을 만들어 본다. 내 자신의 성공을 위해서는 그 사용되지 않은 습작들이 반드시 필요한 것이다." 이렇듯이 실패 성공의 확률은 6:1정도가 된다. 많은 실패를 거듭해야 만이 1의 성공을 이룰 수 있다. 어떤 분야든지 성공하고 꿈을 이루려면 실패에 좌절하지 않고 두려움이 없어야 하지 않을까? 그 계기가 또 다른 자신을 만들 수 있을 것이다.

하버드대 에드워드 밴 필드 박사는 성공과 행복을 결정짓는 핵심요소로 '시간전망'이라는 이론을 발표하였다. 지금의 행동과 의사결정이 미래에 끼칠 영향력을 말한다. 뭔가를 성취하기 위해선 과거의 시간에 머물거나 눈앞의 이익만을 좇지 말고 멀리 보고 길게 보아야 한다는 것이다. 과거에 집착 말고 멀리 길게 보라는 이야기다. 꿈에도 시련이 온다면 앞을 보고 멀리 길게 보아야 한다.

워킹맘, 시련을 두려워하는 그 마음을 두려워해야 한다. 바쁜 일상속에 꿈이란 희망을 가진 당신, 시련을 이길 수 있는 힘의 저수지를 가졌다. 삶이란 거센 파도에 휩쓸려 우리가 지닌 바위의 모서리를 잃어버릴 때 슬퍼 말아라. 새로운 모습으로 다시 태어나는 멋진 일이다.

인생을 살아가다 넘어질 때
시련을 피하지 말고 즐겨라.
거친 파도를 피하지 않고
그 파도의 흐름을 즐기는 윈드서핑을 보라.
파도는 그대를 더 빨리,
더 먼 곳으로 데려다 줄 것이다.
때론 살아가면서 주위 사람들로부터 듣게 되는
푸른 멍 같은 말 한마디에 좌절하지 마라.

자신을 움직이는 힘

자신의 내부에 있음을 망각하지 마라.

대신 방향키 없이 바다 위에 떠 있는 배처럼

목표 없이 인생의 바다에 아무렇게나 떠 있는

자신을 부끄러워하라.

시간은 냇물처럼 쉬지 않고 흘러간다.

지금 그대가 헛되이 흘려보내는 시간 속에

인생을 빛나게 해줄

성공의 열쇠들이 함께 흘러가고 있음을 깨달아라.

– 〈시련을 피하지 말고 즐겨라〉 김태광 시 –

〈꿈 여행 중 길을 잃을 때: 실천편 일기〉

2015. 2. 25. 수 날씨 추움

너무도 슬프다. 슬프다 못해 아프다. 가슴이 왜 이리도 아픈지 모르겠다. 이 오해가 어떻게 하면 풀릴런지.. 그리고 내가 믿었던 그 분들이 이렇게 나를 오해 한다는 것이 더 마음 아프다. 내가 너무나 믿고 의지했기에... 꿈을 이루기 위해 아니 폐기능 전문가가 되기 위해서 달려온 지 5년째 이다. 전문가가 되기 위해 얼마나 노력했던가!! 석사에서 부터 박사과정까지 이렇게 달려오지 않았던가? 이번에 출간한 '폐기능 검사학 및 실습'은 대학시절 담당교수님께서 그동안 임상병리사가 직접 실습책을 쓴 일이 없으니깐 네가 만들어 놓은 매뉴얼을 후배들을 위해서 실습책으로 내자고 하셨다. 그리고 내가 받은 인쇄비는 모교 장학금으로 기부하기로 하였다. 후배들을 위하고 정말 나 또한 책을 만들어 봄으로써 전문가의 길로 한 발자국 앞으로 나가는 것이라 생각했다. 하지만, 나를 모두 오해하고 있다. 대학에 교수로 갈려고 책을 내고 이렇게 박사 학위 과정에 들어간 것이라고.. 지금까지 그저 전문가가 되어 내 분야에 최고가 되어보고 싶다는 생각 뿐이었는데...

그래서 이렇게 달려왔는데.. 잠들어 있는 아이들에게 미안하다. 어쩜 이렇게 달려왔는데.. 이런 오해를 받으려고 나의 아이들이 나와 함께 힘들었던가.!! 조용히.. 그저 직장 잘 다니고 아이 잘 키우면 될 것을 난, 왜 이런 꿈을 꾸어서.. 꿈이란 걸 만들지 않았더라면 좋았을 텐데.. 박사과정까지 입학하고.. 이제 와서 그만둘 수도 없고.. 참으로 답답하다..

14

'꿈' 에너지
(하루 10분 에너지 업으로 세마리 토끼를 잡아라)

세마리 토끼를 어떻게 잡아야 하는가? 이리 잡고 저리 잡다가 놓친다. 아니다. 꿈을 위해서 그리고 워킹맘은 할수 있다. 생각해 보아라. 우리는 시간관리가 기본이다 기본적으로 세마리 토끼를 한꺼번에 잡는다. 예를 들어 커피 마시러 주방에 간 김에 물 끓을 동안 설거지를 하거나 머리를 감으러 욕실 간 김에 바닥 청소를 하고, 끓인 물이 남았을 때 싱크대 청소를 한다. 이렇게 짧은 시간에 두 세가지 일을 처리 하고 자잘한 일들을 하기 위해 따로 시간을 내지 않아도 된다. 워킹맘은 기회가 왔을 때 해야 할 일을 바로 처리하는 것이 일 잘하는 비법이다.

이렇게라도 시간을 쪼개어 여러 가지 일을 한꺼번에 또는 짧은 시간 내에 처리하려면 에너지도 있어야 한다. 나에게 하루 10분정도는 여유를 가질 수 있게 하여라. 그리고 에너지를 업 시킬 수 있도록 한다. 육아에 직장생활 까지 더군다나 직장에서 서비스업을 하고 있다면 표정관리는 기본이다. 나는 개인적으로 하루 10분 에너지 업을 위하여 직장 내에 있는 종교실로 향한다. 남들보다 30분 일찍 출근하여 종교실에 들러 인사드리면서 오늘 하루를 행복하게 그리고 마음의 평온을 가지고 나의 일터로 돌아와 환자를 맞이한다.

"아버님~ 오셨어요? 좀 괜찮으신지요? 검사를 진행할게요"하고 미소를 지으며 인사한다. 내 마음 한편엔 에너지가 충전되어 있고 평온함이 묻어 있으므로 환자에게 그대로 전하여 진다. 개인적으로 병원에서의 가장 큰 친절은 편안함인 듯하다. 이미 병원에 온다는 것 자체만으로 불안을 가지고 있다. 그리고 검사를 한다는 것은 그들에게는 두려움 자체일 것이다. 환자에게 편안함을 주기 위해선 나 자신 부터 평온함을 유지고 하고 긍정의 에너지가 흘러야 한다. 그리고 이러한 에너지를 집에 와서도 유지할 수 있어야 한다. 이 때 필요한 것이 바로 하루 10분 긍정의 에너지 업이다. 이러한 에너지 업은 워킹맘의 꿈을 이루기 위한 첫걸음이 아닐까 생각한다.

〈하루 10분 에너지 업 : 실천편〉

매일 근무시작 전 종교실로 향하며 하루 10분 에너지 업을 실천 하였다. 횟수는 10년이 훌쩍 넘었지만 마음 수련 덕분에 환자에게 미소 지을 수 있었고, 고객 만족상을 수상하는 결과를 얻었다.

2005년 그리고 10년이 흐른 2016년 칭찬 주인공
(위 사진 왼쪽에서 4번째와 사진 아래 오른쪽이 나의 모습이다)
〈출처: 영남대학교 병원 홈페이지〉

하루 10분 에너지 업을 하여 하루하루 최선을 다한 결과 박사학위
도 받고, 석 · 박사 대학원 다니는 동안 전과목 A+를 받았다.

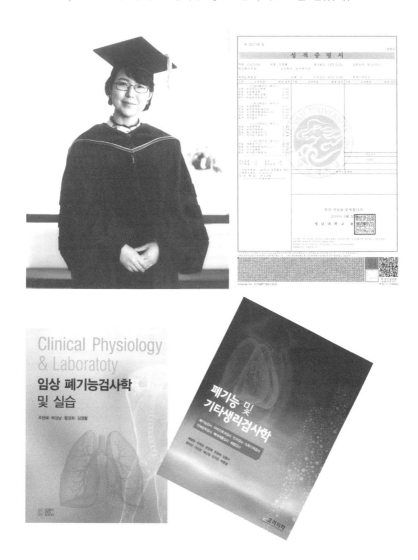

PART

02

꿈을 이루기 위한
직장생활 노하우

"상대편의 입장에서 배려하는
마음을 열고 경청하면 소통이 된다.
결국, 소통은 '배려'라는 단어 안에
모든 것이 '통'한다. '좋은 소통'은 행복한
직장생활의 '윤활유'와 같다.
워킹맘의 윤활유로 행복한 꿈터
나의 꿈을 이루자."

'꿈' 직장=꿈터
(직장은 꿈을 이루기 위한 꿈터이다)

밤새도록 아이들이 보채거나 아이가 아파서 뜬 눈으로 새웠거나, 집안에 힘든 일이 있어 정신이 멍한 상태라도 제 시간이면 어김없이 아무 일 없듯이 출근해 책상 앞에 있어야 하는 워킹맘. 우리는 좋은 소리 보다는 나쁜 소리 들을 때가 많고 스트레스는 점점 심하여 자리를 박차고 뛰쳐나가고 싶어도 아무렇지도 않은 척 태연해야만 한다. 일터는 너무 힘들다. 그러나 일터는 나에게 많은 것을 가져다준다. 뿐만 아니라 일터는 우리의 꿈을 이룰 수 있는 꿈터이기도 하다. 하지만 우리는 '일' 이라는 단어만 들어도 진절머리를 낼 때가 있다. 그것이 워킹맘뿐만 아니라 모든 직장인들에게 모두 해당되는 것이 아닐까? 하지만 우리는 일 자체를 긍정적으로 보고 일터의 의미를 알아야 만이 즐거운 직장생활에 더불어 꿈까지 이룰 수 있다.

성인이 갖추어야 할 자아 존중감과 자신감의 바탕은 '일' 에서 나온다. '일' 그 자체로 인생에 있어 중요한 학습이며 학습의 장이 바로 '일터' 바로 '직장' 인 것이다. 한 달이면 받을 수 있는 월급이 있다는 것과 그 돈이 있기에 내 꿈도 키워나갈 수 있는 것이다.

만약 내가 남편이 번 돈으로 나를 위해 쉽게 투자 할 수 있을까? 참 힘들 듯하다. 현실적으로 아니 직설적으로 말해서 '돈' 이다. 나를 발전시킬 수 있고 더불어 나의 가족들도 나와 함께 가는 것이다. 또한, 전업주부와 같이 '00엄마' 라는 명함은 없다. 우리는 '추현혜' 라는 나의 명함 그리고 나의 직함을 가지고 나의 아이디어나 나의 일로써 상사, 직장동료 그리고 고객을 만족 시킬 수 있다. 일을 하면서 누군가를 만족시킨다는 것은 얼마나 즐거운 일인가? 나에게 좋은 평가가 주어지고 인정받을 수 있었을 때 그 짜릿함과 흥분은 직장에서만 느낄 수 있을 것이다. '인정' 이란 단어에서 또 다시 꿈을 키워갈 수 있는 것은 아닐까?

또 하나 우리는 직장에서 동료라는 인맥을 얻는다. 같은 공간에서 비슷한 스트레스를 받는 사람들이 공유할 수 있고, 푸근하고 끈끈한

정을 이룬다. 때론 경쟁과 질투로 상처를 받을 때도 있지만, 그 또한 인생을 살아가는데 많은 배움이 된다. 그렇다면 이 또한 꿈을 이룰 수 있는 밑바탕이 되지 않겠는가? 지금 현재 우리의 후배들은 우리보다 10배 더 훌륭하다. 그리고 살아온 환경 또한 다르다. 실력 있는 후배들도 현재 당신과 같은 직장을 얻지 못해 비정규직을 전전하고 있다. 그러면서 우리는 매일 불평한다. "아침에 바빠 죽겠는데 일찍 출근하는 것은 힘들고 지겨워" "월급은 쥐꼬리 만큼 주면서 노동력 착취" "일이 너무 많아 말하면서 휴일은 철저히 챙기는 우리" "언제 잘릴지 모른다고 늘 걱정하면서 직장을 위해 조금도 희생하지 않는 우리들" 과연 누가 더 이기적인가?

직장은 나에게 많은 것을 가져다주는 나의 꿈을 이룰 수 있는 '꿈터'이다. 같은 곳을 어떻게 바라보느냐에 따라서 인생의 길이 달라진다.

직원 세명이 재료와 공구를 한 곳에 옮겨 놓고 벽돌을 쌓고 있었다. 그 때 낯선 사람이 호기심 어린 눈빛으로 물었다.

"지금 뭘 하시나요?"

첫 번째 사람은 언짢은 기색으로 말했다.

"눈은 뒀다 뭐합니까? 벽 쌓는 거 안 보여요?"

두 번째 사람은 고개를 들고 하늘을 바라보며 말했다.

"우린 지금 고층빌딩을 세우는 중이랍니다. 자그마치 80층이에요. 다 세우고 나면 아마 여기에서 제일 높고 제일 아름다운 건물이 될 겁니다!"

그의 얼굴에 뿌듯한 미소가 번졌다. 세 번째 사람은 노래를 흥얼거리며 자랑스럽게 낯선 사람에게 말했다.

"우리가 여기에 새로운 도시를 건설하고 있으니 몇 년이 지나고 나면 이곳은 우리가 지은 건물로 가득할 겁니다. 우리 집이 바로 여기니 내 집을 짓는 셈이죠!"

십년 후, 첫 번째 사람은 여전히 공사 현장에서 일꾼으로 일했고 두 번째 사람은 엔지니어가 되어 사무실에서 설계 도면을 그렸으며 세 번째 사람은 사장이 되어 있었다.

일터를 꿈 터로 생각하는 것. 직장이란 힘든 곳이 아닌 본인 스스로 어떻게 생각하고 어떻게 하느냐에 따라서 꿈터가 될 수 있고 지옥이 될 수 있다.

〈직장은 꿈을 이루기 위한 꿈터이다 : 실천편 일기〉
2016년 3월 20일 일요일 날씨 : 비

베란다 창 밖으로 촉촉한 봄비가 내린다. 창 밖의 아이가 우산을 들고 있다. 우산 위로 떨어지는 비들이 다시 대지를 촉촉이 감싸고 있다. 비는 참으로 착하다. 환경오염으로 온 세상이 먼지로 힘들어 할 때 살포시 그 모든 것을 안고 땅속으로 전진한다. 땅 속으로 서서히 스며들며 자기의 존재를 없애고 있다. 자기는 사라지지만 고스란히 비는 땅 안의 뿌리들에게 영양을 공급하며 또 다른 세상으로 떠난다. 비처럼 저렇게 온 몸을 바쳐 희생할 수 있는 사람들이 얼마나 될까? 나 또한 어떠한 존재인가?

비가 오는 것을 보니 생각난다. 코스모스가 어떻게 되었을까? 병원 창가 나의 검사실 앞 예쁜 뜰에 코스모스 씨를 뿌렸다. 어제 씨를 뿌렸었는데 오늘 이렇게 비가 내려 주어 너무 고맙다. 아무래도 내일이면 싹이 날 수도 있겠지? 가을이면 예쁜 코스모스가 하늘 하늘 거리며 나를 보고 웃고 있겠지? 생각만 해도 넘 행복해진다. 이렇게 희망을 본다는 건 참 즐거운 일인 듯하다. 희망..

난 나의 영대병원에서 참 많은 것을 얻었다. 월급을 받아 신랑과 알콩달콩 이루어서 집도 샀고, 아이들도 키웠다. 그리고 이렇게 꿈도 꾸고 있고 달리고 있다. 참 고맙다. 직장이 있어 행복하다. 가끔 바쁘고 환자가 많을 땐 내 몸이 힘들 때도 있지만 참 보람 있다. 영대병원에 다니지 않았으면 난 지금 뭐하고 있을까? 이렇게 발전할 수 있었을까? 어제는 만성폐쇄성폐질환 아버님께서 나를 주려고 참기름까지 들고 오셨다. 이렇게 나를 사랑해주시는 아버님 어머님들... 물론 한 순간에 만든 것도 아니고 20여년 가까이 한 곳에서 근무한 영광이기도 하지만 이렇듯 관계속에서 참 울고 웃는다.

코스모스가 환하게 필 때 쯤이면 나의 희망도 피어나고 내 주위에 모든 희망도 피어나겠지? 참 행복한 하루이다.

[02]

'꿈' 후배 지지
(능력 있는 후배를 키워 꿈을 이루어라)

사실 우리 조직의 리더 들은 후배들의 재주를 반가워하지 않는다. 세상이 각박하여 후배들 또한 선배를 무시하였기에 요즘은 더 심해진 듯하다. 그러나 훌륭한 재주가 있는 후배들은 곧 치고 올라올 수 밖에 없다. '낭주지추(囊中之錐)' 라고 하듯이 탁월한 사람은 언젠가는 빛을 보게 되어 있다. 내 밑에서 성장하여 승승장구 하여 자란 후배는 자신을 잘 키워준 선배를 기억할 것이다. 그러나 자리를 지키기 위해 아둥바둥하며 후배의 앞길을 막고 있다가 결국 밀려나서 나온다면 후배들이 그 선배를 대우해줄까? 후배를 사랑하면 얻을 수 있는 것도 많고 당신의 꿈을 밀어줄 수 있다.

나 또한 박사학위를 받는 동안 선배뿐만 아니라 후배들의 도움도 받았다. 검사실을 비우고 휴가를 받는 동안 후배들이 대체 해 주었으며 당직도 바꾸어 주는 등의 배려를 받았다. 중요한 서류처리를 할 때면 아낌없이 도와주어 나의 든든한 버팀목이 되어 주었다.

다음은 샤오란 〈나는 직장인으로 살기로 했다〉에 능력 있는 후배를 키우면 좋은 점을 바탕으로 내가 후배를 키워서 좋았던 점을 제시해 보았다.

능력 있는 후배를 키우면,

첫째, 선의의 경쟁 그리고 생산적인 질투를 통해 당신의 꿈과 당신의 자기계발을 자극 할 수 있다. 뛰어난 후배는 좋은 경쟁자이고 그를 통해 배우고 충분히 자극 받을 수 있다. 좀 더 열심히 살 수 있다. 나 또한 TOEIC공부를 열심히 하는 후배를 보며 영어에 대한 자극을 받아 영어 공부를 꾸준히 할 수 있었다.

둘째, 당신 꿈의 후원자가 된다. 사람의 장점은 각자 다르다. 능력 있는 후배는 나의 부족한 부분을 보완해 줄 수 있다. 나보다 더 세심함의 장점이 있는 후배에게 나의 단점이 보완되었었고 중요한 일을 할 때 진심어린 조언을 들을 수 있었다. 후배와의 긍정적인 관계를 형성한다면 마음의 교류를 통해 많은 의지가 될 것이고 많은 후원을 받을 수 있다.

셋째, 요즘 트랜드를 배워 즐거움을 느낄 수 있다. 나와 세대가 틀리고 살아온 환경이 틀리므로 낯설지만 신선함을 느낄 수 있다. 요즘의 트랜드를 후배를 통하여 얻을 수 있고 그들의 생각과 문화를 느낌으로써 즐거움을 맛 볼 수 있다. 새로운 트랜드를 후배를 통해 배워서 즐거움을 얻었다면 선배는 내가 가질 수 있는 지식과 정보를 나누어주기에 즐거움을 맛볼 수 있다. 맹자의 군자삼락에 양친이 살아 계시고 형제가 무고한 것이 첫 번째 즐거움이요, 우러러 하늘에 부끄럽지 않고 굽어보아도 사람들에게 부끄럽지 않은 것이 두 번째 즐거움이요, 천하의 영재를 얻어서 교육하는 것이 세번째 즐거움이라 하였다. 이 세번째 즐거움을 즐겨보자.

삼국지에 유비는 천하를 보는 눈이나 책략은 제갈량에 미치지 못했고, 무공이나 용맹 또한 관우나 장비보다 미치지 못했다. 그러나 유비는 제갈량, 관우, 장비, 조운 같은 훌륭한 부하들을 거느렸기에 중국역사에 한 획을 긋게 되었다. 그들이 가지지 못한 후덕과 관계를 중요시했던 마음이 이들을 이렇게 만들지 않았을까? 물론 한 왕조의 후손이

라는 출생적 배경도 있었겠지만 많은 후손들 중에 이런 기회를 얻었다
는 것은 분명 남달랐을 것이다.

꿈을 이루기 위해 능력 있는 후배를 키워라. 질투가 아닌 진실로 그
를 위해주면 그 주파수가 나의 영원한 지지자로 바뀔 것이다. 비울 때
담을 수 있는 것처럼 비워서 담고 주어라. 그러면 옆에서 더 큰 그릇을
줄 것이다.

[03]

'꿈' 기본 충실
(꿈을 위해 직장생활 제대로 하라)

워킹맘 직장생활 20년차, 후배들에게 일러주고 싶은 이야기

직장을 다닌지 벌써 20여년이 다 되어 간다. 어쩌면 10년이면 강산도 변한다고 하는데 20년이 될 동안 더 잘했으면 좋았을 텐데 라는 아쉬움이 남아있다. 직장안에서 인간관계, 소통, 그리고 워킹맘으로써의 역할들을 후배들에게 조용히 들려주고 싶다. 임경선〈대한민국에서 일하는 여자로 산다는 것은〉을 읽고 워킹맘으로써 많은 도움을 받았으며 임경선 작가의 이야기와 나의 이야기를 함께 풀어 보았다.

직장 인간관계의 5가지 법칙

어렸을 때는 사귀고 싶은 친구들과 사귈 수 있었다. 하지만 직장에 들어오면 친하고 싶은 사람하고만 친할 수도 없다. 내가 싫든 좋든 나의 조직 안에서 그들을 내치고 부정할 수 는 없다. 오늘 나의 편인 아군의 상사가 내일은 적이 될 수도 있고, 어제 까지 으르렁거리던 사이가 공통의 목적을 위해 오늘의 동지가 될 수도 있다. 공통점이 없고 살아온 환경도 너무도 다르지만 조직이라는 테두리 안에서 관계를 잘 형성해야 한다는 것을 누구나 다 알고 있는 사실 이다. 샘물은 강물과 강물은 바다와 섞인다. 바람도 하늘과 섞여 우리의 감성 안에 들어오는 것처럼 직장도 혼자 하는 것이 아닌 섞여야 된다. 섞이는 것이 인관관계인 것이다.

인간관계를 잘하기 위한 5가지 법칙이 있다.

첫번째, 모든 사람이 당신을 다 사랑한다고 생각은 아예 말아라.

모두가 당신을 좋아하고 사랑하지 않는다. 만약 당신이 그렇게 남을 의식하고 나를 좋아해주어야 한다고 생각한다면 당신은 분명 남에게 보여주기 위해 다른 사람들 보다 많은 스트레스를 가지고 산다. 나를 좋아하는 사람이 10명 중 6명만 있으면 괜찮은 인간관계를 구축하고 있다고 할 수 있다. 10명이 모두 당신을 좋아한다면 당신은 독재자

일 가능성이 있다. 10명 중 4명이라면 당신의 인간관계에 있어서 문제점은 없는지 잘 생각해 볼 필요가 있다. 그리고 사랑하고 사랑받을 생각지도 말아야 한다. 로맹롤랑은 "무수한 사람 가운데 나와 뜻을 같이할 사람이 한 둘은 있을 것이다. 그것으로 충분하다. 숨쉬는 데는 들창문 하나로도 족하다"고 말하지 않았는가.

두번째, 월급 안에는 인간관계의 스트레스 대가도 들어있다.

직급이 올라간다고 해서 인간관계 스트레스가 없어지는 것은 아니다. 사실 그 직급에 맞는 인간관계 스트레스가 있는 법이다. 팀장이 되면 팀장으로써 아랫사람 위사람 사이에서 스트레스를 받고, 신입은 신입대로 스트레스는 직급과 상관이 없고, 그 직급에 맞는 스트레스가 있기 마련이다. 직장이라는 조직 그리고 모든 조직 안에서 관계 형성에 있어서 스트레스를 받지 않을 수 없다. 스트레스는 월급 안에 포함되어 있다.

세 번째, '그렇구나' 혹은 때론 무관심 한 것이 좋다.

직장이라는 곳은 내가 월급을 받는 이상 자선단체가 아니기 때문에 누구나 이기적인 행동을 한다. 누군가를 미워하면서 감정을 소모시키면 본인 스스로 힘들어 질뿐이다. 그 이기적인 행동에 상처를 받을 필요도 없다. '그렇구나' 하고 생각한다면 나에게 받는 상처는 훨씬 덜해질 수 도 있다. 가끔은 차라리 무관심 한 것이 훨씬 좋을 때도 있다.

네 번째, 나에게 도움을 준 사람은 절대 잊어버리지 말자.

미운사람은 잊어버리려고 해야 하지만, 나에게 도움을 준 사람을 절대 잊어버려서는 안된다. 삭막한 직장생활에 나에게 도움을 준다는 것은 진실한 사람이고 결국 평생에 걸쳐 나를 지속적으로 도와줄 사람이다. 그 사람들은 나의 직장생활에서 보물 같은 존재이다. 그 사람들에게 잘 하자.

다섯 번째, 마음정치를 잘하자.

직장생활도 정치라 할 수 있다. 정치는 마음의 정치를 해야 한다. 마음의 정치를 잘 하려면 상사와 좋은 관계를 맺어야 한다. 상사를 내 편으로 만들 줄 아는 사람은 동료나 후배를 내 사람으로 만들기도 쉽다. 내 편이 된다는 것은 절대로 머리로만 가서는 내 편이 될 수가 없다. 진심으로 상사의 마음을 이해하고 존중한다면 그 또한 진심의 전파가 전해질 것이다. 그 때 비로소 내편이 될 수 있는 것이다. 물론 그 중에서 의심이 많고 내 편이 되기 힘든 사람도 있지만 그 또한 인간의 본성을 배울 수 있는 좋은 기회가 아닌가? 나를 시험을 들게 하는 자가 있으면 그것은 학교에서도 배울 수 없는 것을 배울 수 있는 절호의 기회라 생각해본다면 좀 더 쉬울 것이다.

워킹맘, 선배와 후배사이 샌드위치 극복하기

워킹맘의 직장생활에 빼 놓을 수 없는 것이 상사 혹은 선배이다. 상사에 따라 직장생활에서 울기도 하고 웃기도 한다. 얼마 전 재미있게 본 개그프로그램 중에 '선배와 상사를 나눌 수 있는 것은 대들 때 혼만 낼 것 같으면 선배이고, 나를 자를 것 같으면 상사'라는 말에 웃음을 지은 적이 있다. 맞는 말이지만 개인적으로 선배든 상사든 아무리 능력이 없는 선배 혹은 상사는 모두 우리의 위에 있다고 생각한다. 인생의 연륜과 경험이 나 보다 위에 있다는 것 자체만으로 배울 것이 많기 때문이다. 노마식도(老馬識途)라는 사자성어가 있다. 늙은 말이 길을 안다는 뜻으로, 경험이 풍부하여 숙달한 인물 또는 그 일에 익숙하여 선도될 수 있는 사람을 일컫는다. 난 모든 선배 혹은 상사는 노마식도라 생각된다. 작은 가르침부터 큰 가르침까지 선배나 상사를 존중해야 한다고 생각한다.

하지만 때론 직장생활의 처세술에서 유형별 상사에 대한 대처를 어떻게 하느냐에 따라 사회생활이 달라지고 나의 꿈을 이루는 데도 연결이 되므로 소개하고자 한다.

유형별 상사 대처법

도대체 이 자리 까지 어떻게 올라왔을까? 무능한 상사: 내가 클 수 있는 절호의 계기

무능한 상사라고 무시할 것인가? 절대 그렇지 않다. 그 또한 당신의 미래가 될 수도 있고 후배들 또한 나를 그렇게 바라 볼 수도 있을 것이다. 사람에게는 누구나 장점과 단점을 가지고 있고 그런 상사에게 장점을 배우면 될 것이다. 도대체 이 자리까지 어떻게 올라왔을까? 의문을 가진다고 하더라도 그 사람의 자리인것이다. 반드시 그 지위에 적합한 조건을 가졌다기 보다는 운 좋게도 일시적인 실적 증대 덕에 승진한 경우, 연공서열에 따라 자동적으로 그 자리에 도달한 경우, 유능한 사람들이 스카우트되어 하나 둘 빠져나가는 바람에 그나마 돌아가는 사정을 잘 아는 사람으로 자릴 메우다 보니 그 자리까지 올라갔을 수도 있다. 이런 상사에게 무얼 배울 수 있을까? 생각한다는 자체가 당신의 오만인 것이다. 이런 상사일 수록 보고를 빼먹으면 되질 않는다. 절대적으로 상사를 인정해 주어야 한다. 대신 보고를 할 때는 본인이 해놓고 "이 프로젝트에 대해서 이렇게 접근하려 하는데 어떻게 생각하시는지요?"라고 묻는 다면 존중도 해드리고 본인의 의견을 최대한 반영될 수 있고 본인은 더 클 수있는 기회가 될 것이다. 그리고 이런 상사에게서는 '상사의 지도하에' 라는 표면적으로 상사가 결과에

대한 책임자라는 것을 명확히 하고 당신의 의견을 많이 반영하면 된다. 추후 우리가 클 수 있는 기회가 될 수 있다. 본인이 스스로 좌충우돌 하면서 배울 수 있는 것도 많을 것이다.

워킹맘이 이런 상사를 만난다면 일단 상사를 존중해드리면서 일처리를 본인의 방향으로 이끌어 갈 수 있으므로 일 때문에 퇴근이 조금 늦어질 수 있으나 워킹맘의 꿈을 위한 자기계발에는 도움이 될 것이다.

오늘은 기분이 안 좋은데 보고해도 될까? 기분파상사: 나도 따라 클 수 있다

대부분 이러한 상사는 모든 사람들로 부터 사랑과 인정을 받고 싶어 하는 영웅심리가 내재되어 있다. 내가 맡은 업무나 팀 내의 고민을 혼자서 해결하기 힘들 때 기분파 상사에게 해결을 부탁하거나 조언을 구하면 상사의 마음을 쉽게 얻을 수 있다. 하지만 지나치게 가까워지면 당신을 심복으로 여겨서 사적인 것 까지 많이 시킬 우려도 있다. 또한 기분이 가라앉아 있을 때가 있는데 그 때는 피하고 기분이 조금 안정되었을 때 겸손한 자세로 결제 등의 업무에 대한 논의를 하는 것이 좋다. 워킹맘의 경우 사적인 이야기를 약간 털어 놓는다면 이러한 상사의 경우 기분이 좋을 때는 도움을 받을 수 있다. 또한 이러한 상사의 특징은 윗사람들에게도 인정을 받는 경우가 많다. 당신을 잘 보았다면

당신을 키워줄 수도 있다.

잘 삐치며 조심조심 또 조심 소심한 상사: 마음을 읽을 기회?

실무자의 소소한 것 까지 참견하고 알아놓지 않으면 불안해하고 지나치게 조심성이 많아 대범함이 부족하다. 이들은 과거에 소심한 상사 밑에 일하면서 늘 초조하던 습성이 남아 있다. 이런 상사는 참견 받거나 닦달하기 전에 먼저 일이 무사히 잘 진행되고 있다고 제때 보고 하여 안심시켜 주도록 하자. 피곤 하지만 그것 또한 업무의 트레이닝의 일환이기도 하다. 소심하며 잘 삐치기 까지 하여 한편으로 철이 없어 보이고, 같이 일하기 힘든 상사이지만 자신의 나약함으로 감추기 위해 그런 성향을 보이는 거라고 이해하면 좋을 것이다. 또한 이러한 상사에게는 슬쩍 이야기를 많이 들어주자. 어쩌면 자신의 약한 모습을 당신에게 토로 할 수 있다. 그렇다고 부담가질 필요는 없고 그저 들어 주는 것 만으로도 위로가 된다. 큰 선물이 아닌 약간의 마음이 담긴 선물을 준다면 이러한 상사에게 호감을 살 수도 있다. 워킹맘이 오히려 언니나 누이 같이 비춰질 수도 있어 도움이 될 수 있다.

내가 최고야!! 자기 출세에만 관심 있는 상사: 나도 덩달아 출세? 거리감 유지?

부하직원을 자신이 돋보여야 할 때 도구로 생각하는 천상천하 유아독존형 상사는 오로지 자기의 관심사는 자기 위에 있는 높은 사람들 뿐이다. 그 만큼 유능하지만 냉철하고 개인주의 적이다. 그러나 자기에게 실질적으로 도움을 주는 직원을 좋아한다. 예를 들어 직장에 돌고 있는 루머를 이야기 해 준다든지 실무자 수준에서 상세히 얻을 수 있는 정보를 주어 상사의 이목을 끌 수 있다. 운이 좋으면 자기가 필요로 하기 때문에 덩달아 출세할 수도 있다. 한편 절대 공존하기 위해서 공개 석상에서 상사에게 반발하면 되지 않는다. 자존심이 생명인 그들에게 자존심을 건드린다면 어떤 일을 저지를지 모른다. 이러한 타입은 인간성을 기대하지 말고 적절한 거리를 두면서 그의 업무적 스킬을 보고 배우는 것만 염두에 두면 된다. 워킹맘인 경우 아이 키우는 이야기를 절대로 하지 않아야 할 것이다. 공사 구분이 철저하기 때문에 오히려 아이 때문에 조퇴를 한다는 등의 이야기가 나오면 역효과가 날 수 있다. 하지만 일적으로 보면 이러한 상사는 일이 서툰 부하직원에게 시키는 것 보다는 본인 스스로 하는 경우가 많으므로 모범이 될 만한 문서 등은 복사 해놓고 본인이 일처리 할 때 참고하도록 하자.

부하직원 개무시 악질 상사: 해탈의 기회 조용히 있다가 기회가 되면 이동하여야 한다.

부하직원을 존중하지 않고 완전 무시 하며 종처럼 생각하는 상사이다. 흔하지는 않지만 이러한 상사는 만나지 않는게 상책이다. 특히 워킹맘은 이러한 상사를 만나면 제일 힘들 것이다. 이런 상사에게는 절대로 육아에 대한 힘듦을 표시하면 되질 않는다. 물론 일처리를 제대로 하여야 할 것이다. 언제나 당신의 꼬투리를 잡아서 자기의 권위에 도전 못하게 할 것이고, 합리화 시키려 하기 때문에 일은 확실히 해 두어야 한다. 워킹맘 꿈을 위하여 이런 직장상사를 만난다면 잠시 접어두고 때를 기다릴 필요가 있다. 조금만 기다려 보자. 세상에는 절대로 힘든일 만 있지 않는다. 이런 상사 아래에 있을 때는 해탈의 기회가 되므로 오히려 가정생활에 도움이 될 수 있다. 이러한 상사 밑에서 견뎌내고 해탈 할 수 있다면 아이들이 힘들게 하는 것 쯤은 얼마든지 견딜 수 있을 것이다. 참아라. 그리고 때를 기다려라. 어쩔 수 없다. 가족들이 당신을 기쁘게 할 것이다.

상사의 편애와 동료들의 질투 대처법

지금 당신은 워킹맘으로써 직장생활, 가정생활은 어떻게 하면 잘 할 수 있을지 고민하면서 이 책을 펼칠 가능성이 높다. 이 책을 펴는 당신은 분명 적극적으로 모든 일을 임할 수 있고 당신의 꿈도 꼭 이루어지리라 생각된다. 하지만, 이러한 적극적인 성품과 책을 읽고 지적인 면을 갖추고 있다면 분명 당신은 능력자 일 것이다. 그리고 튀는 사람일 수 있다. 이러한 튀는 사람은 '현저성 효과(Salience bias)'에서 찾을 수 있다. 사람들은 어떤 자극이 지각적으로 특출하면 그 자극을 어떤 현상의 원인으로 삼는데 그런 오류를 현저성 효과라고 한다. 모임이나 어떤 조직에는 뭔가 튀는 사람이 있다. 그 튀는 사람은 눈에 잘 들어오고 그 사람이 가장 영향력 있어 보이는 현상이다. 튀는 사람은 적이 많을 수 있다. 하지만 조직에서 리더로서의 역할을 맡을 가능성도 많다. 하지만, 지금의 워킹맘 입장은 팀장의 중요한 위치로 올라갈 시기가 아니므로 주위의 많은 사람들로 부터 질투를 받고, 상사의 편애를 받을 경우가 많다.

사원이나 대리시절은 동료애가 더 중요할 때 이다. 이때 당신은 편애를 받는 다면 어쩜 동료들과의 사이도 소원해 질 수 밖에 없다. 하지만, 이 모든 것을 이겨내어야만 한다. 어줍잖게 비슷할 때 서로 시기하고 질투를 하는 것이다. 외국의 돈 많은 갑부들은 우리의 질투 대상이 아닌 것처럼 질투를 받는다면 더 최선을 다하여 격차를 내어야만 한다. 또한, 말투는 절대로 고쳐야 한다. 당신이 하는 모든 말들이 다른 사람의 귀에는 건방져 보일 수 도있다. 항상 자세를 낮추고 겸손해야 한다. 겸손하지 않으면 "도대체 얼마나 오래 가는지 보자" "지가 잘나면 얼마나 잘났길래"라는 수식어가 붙게 마련이다. 승진도 배가 아플 것이고, 당신이 좋은 말을 건네도 그들은 숨겨진 의도로 보고 해석 할 것이다. 그 땐 어쩔 수 없다. 그저 받아들이는 것이 상책이다. 당신을 질투한다는 것은 이제 당신의 존재가 드러난다는 것이다.

　나또한 동료들의 질투 대상이었다. 여자들이 많이 근무하는 곳이라 더 심하면 심했지 덜 하지는 않았다. 그 곳에서 버티는 것은 결코 쉬운 일이 아니다. 하지만 시간이 걸려도 진심은 통하기 마련이다. 묵묵히 기다려야 할 것이다. 당신이 겸손한 사람이라면 질투는 그렇게 오래 가지 않는다. 시간이 지나면 당신은 승진도 하고 서서히 그들도 받아들일 것이다. 시간을 서서히 기다리면 된다. 조급할 필요도 없다. 하지만 가끔은 자신의 언동이 어긋나지 않았는지 다른 동료들에게 상처를 준 것은 아닌지 객관적으로 볼 필요도 있다. 능력이 출중한 워킹우먼은 때론 공감 능력이 부족한 경우가 있다. 그러한 사람이라면 더더욱 상대방의 입장에서 마음을 공감하고 배려 하는 따뜻한 마음을 가진 사람이 되도록 하자.

　당신이 질투 대상이라면 당신의 존재가 떠오르고 있는 것이다. 겸손한 어투와 자세를 낮추고 시간을 기다리자. 기다리는 동안의 고통은 힘들지만 기다림은 정신적 근육과 같다. 기다림 후 단단해져 있는 근육은 쉽게 줄어들지 않고, 보디빌더처럼 멋지게 당신을 보여줄 것이다. 당신의 내면에서 꿈은 당신과 함께한다. 언제나 진심은 통하기 마련이다.

상전처럼 구는 후배 길들이기

지금 현재 워킹맘은 직장에서 샌드위치 역할을 할 가능성이 크다. 나이로 봤을 때 신입도 아닐 뿐더러 3개월 혹은 1년이라는 분만휴가를 다녀오고 복직 했을 때는 이미 중간 연차이다. 회사로 봤을 때는 대리급일 것이다. 복직을 하는 것조차 서먹서먹한데 이미 아랫사람 중에서는 내 자리의 역할을 하는 후배가 있을 것이고 선배 혹은 팀장은 이미 관계형성이 잘 이루어져 있을 것이다. 이때 착한 후배라면 상관이 없지만, 오만한 후배가 있기 마련이다.

대리가 분만휴가 때문에 자리를 비웠을 때 사원 중 연차 높은 한 직원이 대리 업무를 하였을 것이다. 팀장도 그 대리 업무를 한 후배에게 일을 시켰을 것이고, 복직했더니 팀장과의 관계는 좋아져있고, 워킹맘은 이것도 저것도 아닌 외톨이가 되어 힘들 수 있다. 중간 연차의 처신법은 쉽지 않다. 하지만 그 권리를 찾아야 한다.

상전처럼 구는 후배를 위해 중간 연차 처신법이다.

첫째, 자신의 권리를 다시 찾을 수 있도록 한다. 반듯이 참석하여 책임져야 할 미팅에 당신 대신 참석하려 한다면 과감히 야단치고 당신이 가도록 한다. 그러면 오만한 후배는 어차피 회의기록에 남길 것인데 자기가 참석할 것이라고 할 것이다. 결과에 대한 책임은 나에게 있는 것이라고 정확히 다시 명시하고 필요하다면 팀장 참조로 이메일을 보내도록 한다. 팀장도 그 직급까지 올라갔다면 그 정도는 구분 할 것이다. 사적인 감정을 배제하고 그동안의 빈 공간을 메워 주면서 권리와 책임을 다시 찾아와 무너지는 체계를 다시 잡아야 할 것이다. 어느 조직의 팀장도 아무리 아래 사원을 이뻐하고 관계형성이 좋다고 하여도 보고체계가 무너지는 것을 원하지는 않을 것이다.

둘째, 상전처럼 구는 후배 보다 더욱 유능해지도록 한다. 업무실력이 흠잡을 데가 없을 수도 있지만, 그보다 당신은 경력이 많다는 장점이 있다. 그 후배도 분명 단점이 있거나 취약한 부분이 있다. 그 후배가 취약한 부분에서 두각을 나타내는 것 보다는 팀전체를 보았을 때 당신은 "이런 일에 꼭 필요한 사람이야"라는 말을 들어야 한다.

셋째, 팀장과 잘 지내도록 한다. 선배다운 매너로 팀장과의 사이를 돈독하게 만들고, 후배들은 당신에게 고충을 이야기 할 수 있도록 만들어야 한다. 오만한 후배가 결정권자하고만 잘 지내고 선배는 허수아비로 여기는 태도를 일축하기 위해서 팀장과 최소한 잘 지내는 척이라도 하여야 한다.

넷째, 버틸 수 있을 만큼 버티자. 위처럼 상황 변화를 위해 노력하는데도 불구하고 마음데로 되질 않는 것이 직장생활이다. 하지만 세상살이가 힘든 시절만 있는 것은 절대 아니다. 의외의 환경적 변화가 당신에게 일어 날 수 있다. 팀장이 퇴사를 하거나 다른 팀으로 이동될 수도 있고 새 팀장이 와서 팀의 역할구도가 바뀔 수도 있고, 당신과 같은 중간 연차가 갑자기 승진이 되어 팀장 대행을 해야 할 수도 있다. 직장생활은 영원한 것이 없다. 이러한 상황이 영원히 지속될 것이라는 착각 속에서 너무 힘들어 하지 말아야 한다. 시간이 약이라는 말도 있지 않은가? 시간은 많은 것을 변화시킨다. 사람과 상황 또한 그러한 것이다. 여도담군(餘桃啗君)이란 말도 있지 않은가? 먹다 남은 복숭아를 임금에게 먹였다는 뜻으로, 신하에 대한 임금의 애증이 그 변화가 심함을 일컫는 고사성어이다. 윗사람의 신임은 언제나 지속되는 것이 아니다.

다섯째, 약해진 틈을 공략하라. 이렇게 오만한 후배는 자신감이 넘치는 것이 특징이다. 그 자신감 때문에 큰 코를 한번 다치는 것이 이치이다. 당신 같은 선배에게 함부로 하는 오만함이라면, 분명 다른 동료들이나 후배들 또한 오만한 후배를 좋게 보지 않을 것이다. 은근히 그가 실패하는 모습에 기뻐하는 사람들이 많을 수 있다. 중대한 실수라면 아무리 총애하는 팀장이라도 그 후배를 나무라지 않을 수 없다. 이

때가 역전 시킬 수 있는 기회이다. 약해진 오만한 후배를 용서하고 다시 일어날 수 있도록 힘을 북돋아 준다면 다른 후배들은 물론 당신을 보는 시선이 달라질 것이다. 그제야 비로소 당신의 자리가 돋보일 것이다.

동행 할 수 밖에 없다면 쿨하게 함께 하라

학교 다닐 때는 사귀고 싶은 친구들과 사귈 수 있었다. 하지만 직장에 들어오면 친하고 싶은 사람하고만 친할 수도 없다. 내가 싫든 좋든 나의 조직 안에서 그들을 내치고 부정할 수 는 없다. 그렇다면 어떻게 해야 하겠는가? 그것은 쿨하게 함께 가는 것이다. 쿨하게 함께 할 때 동행의 미덕이 생기고 더 좋은 일이 생길 수 있다.

구본형의 〈더 보스: 쿨한 동행〉에 나오는 글이다. 임진왜란 때 조선을 돕기 위해 파병되어 온 명나라 수군 도독 진린은 1598년 7월 16일 수군 5,000명을 이끌고 합류하여 조선 수군과 함께 공동 작전을 수행하였다. 이순신이 그해 11월 19일 노량해전에서 전사할 때 까지 모두 4개월 동안 이순신과 함께하면서 이순신의 천재성과 인품을 가장 잘 알고 지냈던 유일한 타국인이었다. 진린은 거칠고 오만한 인물로 알려져 있다. 그러나 그는 이순신에게 매료 되었다. 지휘권 역시 거의 대부분 이순신에게 양보하였다. 이순신 역시 전리품과 적의 수급 등을 진린에게 양보함으로써 그의 명분과 공로를 위해 주는 일에 인색하지 않았다. 이순신에게 중요한 것은 적을 격파하고 나라를 구하는 것이었다. 그러나 진린에게 중요한 것은 명분과 공로였다. 이순신은 원군으로 온 진린이 무엇을 원하는지 알고 있었다. 그는 진린에게 명분과 공을 돌림으로써 명의 수군이 조선 수군의 충실한 지원군으로 남게 만들었다. 마지막 노량해전에서 진린은 퇴각하는 왜선과 싸우고 싶지 않았을 것이다. 그는 왜장 고시니 유키나가의 뇌물과 퇴로 보장의 간청을 받아 들이고 싶어 했다. 남의 나라에서 피를 흘려야 할 이유가 없었을 것이다. 그러나 그는 결국 이순신의 상황 판단과 설복에 따라 왜군의 퇴로 차단 작전에 합류하게 되었다. 이순신은 작은일로 대립되는 것을 피했다. 그러나 중요한 일에서는 소신을 가지고 진린을 설득했다. 아니 중요한 일에서 그의 도움을 확보하기 위해 작은 일은 양보하고 모든 공을 그에게 돌렸던 것이다. 후에 진린은 "이순신은 천지를 주무르는 재주와 나라를 바로 잡은 공이 있다"라는 최고의 찬사를 남겼다.

쿨하게 함께 하면 약간은 손해 본 듯해도 복은 돌아오기 마련이다. 워킹맘의 아이들이 잘 커주고 있다면 그 또한 후덕에서 온 것이다.

기강과 규율을 지켜라.

첫째, 직장의 규정을 준수하라.

거의 모든 회사는 자체적인 직원 매뉴얼이 있으며 그 안에 출퇴근 시간과 복장, 휴가, 결산보고 제도 등이 규정되어 있다. 또한 부서별로 특수한 업무 절차에 맞는 규정이 따로 있다. 조직의 구성원이라면 이 규정들을 자율적으로 지켜야 하고 이 또한 직원의 기본 중에 기본이다.

어쩌다 규율을 어길 일이 생기더라도 절대 하지 않는 것이 좋다. 어쭙잖게 하는 사람이 걸린다. 예전 학창시절을 생각해 보라. 학교 다닐 때 매일 지각하는 친구는 걸리지 않지만 어쩌다 한번 하는 친구는 걸리게 된다. 누구에게 보여지는 것이 문제가 아닌 자기 스스로가 떳떳하여야 직장생활이 자유롭다.

둘째, 누가 보지 않아도 최선을 다하여라.

가장 훌륭한 직원은 자기 자신에게 매우 엄격한 사람이다. 그들은 다른 사람들의 강요가 필요 없는 자율적인 사람이다. 그리고 남의 장단에 끌려가서는 정상에 다다를 수 없다는 것을 알고있기 때문에 적극적이고 성실한 자세를 가지고 있다.

가끔 직장생활에서 평소에 열심히 하지 않다가 눈에 드러나게 하려는 이들을 보게 된다. 적어도 팀장이나 사장 등의 리더들은 모든 것을 다 파악 하고 있다. 눈속임을 하지 말고 성심 성의껏 다하여라. 분명 좋은 결과가 있을 것이다.

직장생활 기본은 인사부터

인사를 잘 하는 아이는 어느 누구나 할 것 없이 인성이 바로 되었다고 칭찬을 듣는다. 어린 아이 뿐 아니라 우리 어른들도 마찬가지이다. 인사는 좋은 인간관계를 만들고, 서로 신뢰 할 수 있는 따뜻한 분위기를 만드는 데 도움을 준다. 사회생활에서 가장 중요한 부분인 인간관계는 시작점이 바로 인사이다. '인사' 라는 것은 관계의 기본 중에 기본이다. 더군다나 서비스업을 하는 경우에는 고객만족 경영 등의 많은 교육을 받았을 것이다. 이처럼 기본 중에 기본인 인사를 사람들은 소홀히 하는 경우가 있다. 인사를 하는 방법과 태도는 사람마다 차이가 있다. 어떤 사람은 만날 때 마다 환하게 웃으며 인사를 하는 사람이 있는가 하면, 어떤사람은 건성건성 하는 경우를 본다. 우리는 인사를 잘 하는 사람에게 호감을 갖고, 마음의 문을 열고 그 사람의 예의 까지도 판단하게 된다.

인사를 잘 안하는 사람은 습관이 잘 안 잡혀 있는 것이 가장 큰 원인이다. 그리고 잘 모른다고 자신이 없다고 인사를 안 하는 경우도 많다. 인사는 상대방을 인정하고 존경하며 반가움을 나타내는 형식의 하나이다. 여러 사람과 더불어 즐거운 사회생활과 직장생활을 하고 좋은 관계를 가지기 위해서는 먼저 인사를 통해 존경과 친밀의 마음의 표시를 해야 한다.

인사는 누구에게나 먼저 보는 사람이 먼저 하는 것이 원칙이다. 시선을 상대의 눈에 맞춘 다음, 고개 숙여 하고, 바르고 정확한 발음으로 인사말을 끝까지 한다. 그리고 윗사람은 반드시 답례한다. 인사예절을 잘 배우고 실천하면 당신은 이미 절반은 성공한 것이다.

내가 아는 지인 중에 인사를 참으로 밝게 하는 이가 있다. 그녀는 나에게도 참으로 밝게 인사해서 참 본받아야겠다는 생각을 했는데 어느 날 그녀와 같은 직장에 다니는 또 다른 지인으로부터 그녀가 사장 눈에 띄어서 본사로 스카웃 되어서 가게 되었다는 이야기를 들었다. 그녀는 아침에 출근해서 청소하시는 여사님부터 시작해 보는 이에게 밝은 에너지를 선사해 주었다고 한다. 그녀가 본사에 가서 서운하다는 또 다른 지인의 이야기를 듣고 미소 지었다. '인사', 예의이기도 하지만 오픈된 마음이다. 마음이 태도로 드러나는 것이다. 한결 같이 모든 사람에게 인사를 잘한 그녀는 어디에서든지 적극적일 것이고 일도 잘할 것이다. 난 그녀가 앞으로 더 크게 되리라 믿는다.

나도 그녀처럼 인사에 대한 강의를 나의 직장 CS교육에서 하고 있다. 항상 환자에게 마중 인사 눈맞춤 등의 교육을 하고 외부고객만족을 이야기 하지만 더 중요한건 항상 가까이부터 잘해야 한다는 것이다. 외부고객만족 보다 더 큰 내부고객만족에 있다고 생각한다. 내부고객이 만족을 못하는데 어찌 밖에서 만족이 되겠는가? 직원들이 서로 인사를 하고 정을 나누는 가운데 소통도 원할 해지고 그 조직은 발전하는 것이 기본이 아닐까 생각한다.

영국의 정치가 필립 체스터필드 〈체스터필드 최고의 인생〉에서 인사와 예의범절을 우리가 갖추어야 할 가장 중요한 덕목이라고 이야기한다. 그는 "당신의 지식을 더욱 돋보이게 하는 세상으로 향하는 길을 평탄한 곳으로 안내해 주는 것은 적절하고 올바른 예의범절이다. 그것은 거대하고 거친 다이아몬드 원석과 같다. 원석의 다이아몬드는 연마하지 않으면 골동품처럼 진열장 안에서만 가치를 지닐 뿐, 눈부시게 빛나지 못할 것이요, 사람들의 몸에 장식 되지도 못할 것이다." 라고 이야기 했다.

로버트 차알디니의 〈설득의 심리학〉에서 제시한 설득의 제 1법칙은 상호성의 법칙이다. 이 법칙은 인사와도 관련 깊다. 내가 먼저 하는 인사가 나에 대한 좋은 평으로 돌아올 가능성이다. 원치 않는 호의라 할지라도 빚진 감정은 생겨나게 마련이다. 어찌 관계가 긍정적으로 되지 않겠는가? 아무리 강조해도 지나치지 않는 것이 '인사' 이다.

[04]

'꿈' SWOT
(바쁠 때 일 처리법; 중요한 일을 최우선적으로)

SWOT이라는 것은 기업의 환경분석 기법으로 강점(strength)과 약점(weakness), 기회(opportunity)와 위협(threat) 요인을 규정하고 이를 토대로 마케팅 전략을 수립하는 기법이다.

어떤 기업의 내부환경을 분석하여 강점과 약점을 발견하고, 외부환경을 분석하여 기회와 위협을 찾아내어 이를 토대로 강점은 살리고 약점은 죽이고, 기회는 활용하고 위협은 억제하는 마케팅 전략을 수립하는 것을 말한다. 이렇게 많은 기업들에서 이제는 대중적으로 SWOT 분석을 활용한다.

그러나 기업 뿐 아니라 경쟁과 경영전략에 대한 이해를 위한 전략적 대응 방법을 제시한 사람으로 마이클 포터는 Five forces, SWOT 분석을 주장하였다. SWOT 분석에서 SWOT가 의미하는 것은 S(Strengths:강점)와 W(Weaknesses:약점), O(Opportunities:기회)와 T(Threats:위협)을 말한다. SW는 내적분석을 위해 사용되며, OT는 외적분석을 위해 사용된다. 대개 매트릭스를 이용해서 이 4가지를 진단하게 된다. 경쟁기업과 비교해서 당사가 소비자에게 어떠한 강점을 가진 것으로 인식되고 약점은 무엇으로부터 기인되는 것인지를 내적분석을 한다. 또한 외부환경을 볼 때 당사에 유리한 기회요인은 무엇인지, 반대로 불리한 위협요인은 무엇인지를 찾아낸다. 이렇게 4가지를 분석함으로써 기업의 목표를 달성하기 위해 무엇을 준비하고 보완해야 하는지, 또 무엇을 강조하고 활용해야 하는지 전략을 수립할 수 있는 것이다.

이 같은 SWOT 분석은 자기 자신에 대한 분석도 할 수 있다. 사각형을 그리고 그 사각형 안에 십자가를 그린 후에 4개의 모서리에 S, W, O, T를 기입한다. 그리고 자기 자신의 S(강점), 약점(W) 그리고 주변 환경이 자신에게 어떠한 O(기회)와 T(위협) 요인이 있는지를 정리해 넣으면 자신의 현재 위치와 장단점을 파악할 수 있다. 그리고 자신을 정확하게 그려 볼 수 있고 자신의 경쟁력을 진단하는데 유용한 툴이 된다. 직장생활에 자신의 현재 위치와 앞으로의 비전 등을 파악하는데도 유용하다.

또한, SWOT 분석으로 시간활용을 효율적으로 할 수 있다.

그리스 철학자 디오게네스는 '시간은 인간이 쓸 수 있는 것들 가운데 가장 소중한 것'이라고 이야기 했다. 그리고 이 세상 모든 이에게 제일 공평한 것이 바로 시간이다. 워킹맘에게 시간은 정말로 소중하지 않을 수 없다. 이러한 시간을 효율적으로 사용하려면 '할 일 리스트'를 짜고 중요하고 긴급한 일 등을 구분하여 순차적으로 처리 하여야 한다. SWOT 툴로 효율적으로 일을 처리하여 보자.

바쁠 때 일수록 돌아가라는 말이 있다. 워킹맘은 가정, 직장 어느 하나 놓칠 수 없다. 더군다나 꿈까지 가지고 있는 사람이라면 시간을 쪼개고 또 쪼개어야 한다.

그러하기에 실수를 하지 말아야 한다. 실수를 적게 할 수 있는 중요한 일을 최우선적으로 할 수 있는 분석법으로 일처리를 하자. 한꺼번에 모든 일을 잘해내려다가 정작 가장 중요한 일을 놓고 마는 어리석은 사람이 되지는 말자.

＊중요 + 긴급 즉시 처리해야하는 일 순서에 따라 항목별 처리 기일과 시간을 기록한다.	**＊중요하지는 않지만 급한 일** 이 난에 들어갈 내용은 모두 반드시 처리해야 하는 일로, 누군가가 급하게 당신의 의견을 바라거나 급한 심부름을 시켰을 때 등이 해당된다. 이 난에 기입하는 목적은 '긴급'한 일이 곧 '중요'한 일은 아니라는 걸 이해하는 것이다.
＊중요하지만 긴급하지 않음 반드시 해야 하지만 즉시 할 필요는 없는 일 순서에 따라 항목별 업무 처리 기한과 시간을 기입한다. 이 난의 일들이 '중요+긴급' 항목으로 변하지않도록 날마다 확인해야 한다.	**＊중요하지도 않고 급하지도 않은 일** 물론 이 난은 쭉 공란으로 남겨둘 수도 있다. 어쨌든 이 난에 들어가는 일들은 모두 개의치 않아도 되는 그렇고 그런 일들이다. 이 난을 만든 목적은 사실 많은 일이 '중요하지도 긴급하지도 않는 일'에 속한다는 것을 알려주는 것이다.

SWOT분석은 여러모로 꿈 워킹맘에게 도움이 된다. 직장생활의 자신의 현재 위치와 앞으로의 비전 등을 파악하고, 꿈 목표 또한 시간배분까지 꼭 활용하여 멋진 워킹맘, 꿈을 이루는 워킹맘이 되자.

〈꿈, SWOT : 실천편〉

나는 세마리 토끼(집, 직장, 대학원)를 잡기 위해서 SWOT 분석법으로 우선순위를 정하여 해결하였다.

* 중요 + 긴급	* 중요하지는 않지만 급한 일
– 집: 탁이 진학 입학전형 서류	– 집: 선빈 레슨 알아보기
– 직장: 검사실 인력충원을 위한 현황분석	– 직장: 환경 점검 일지 만들기
– 대학원: 설문지 작성	– 대학원: 총무에게 전화해서 책 구입하기
IRB 승인 자료 준비	
* 중요하지만 긴급하지 않음	* 중요하지도 않고 급하지도 않은 일
– 집: 탁이 수학 과외선생님 알아보기	– 집: 시간될 때 서문시장 식탁보 사기
(기말고사 지나고)	– 직장: 후배들 술사주기
– 직장: 검사실 매뉴얼 재 작성	– 대학원: 선배에게 논문 조언 듣기
– 대학원: 예비 설문지 돌려보기	

[05]

'꿈' 소통
(직장생활은 소통을 잘해야 통한다)

직장에서 가정에서건 우리가 살아가는 모든 사회에서는 소통이 정말 중요하다. 소통은 일종의 능력이고, 소통을 잘 한다는 것은 직장의 효율을 높이기 위해서 반드시 통과해야 하는 관문이다. 따라서 우리는 표현 방식과 방법에 주의하면서 정보 수집자에게 최대한 정확한 정보를 전달해야 한다. 우리는 매일 수 많은 시간 동안 소통을 하고 그 방식은 사람들 마다 다르다. 하지만 유능한 직장인은 신속하고 간결한 소통방식으로 상사와 동료, 부하들에게 유용한 정보를 전달해 상호협력 효과를 높인다.

소통이 되질 않으면 이해가 되질 않고 오해를 낳으면 관계가 악화

된다. 나는 직장생활 초기에 참 소통이 되질 않았다. 내가 '아' 라고 이야기 하면 상대편은 '어' 라고 이야기를 듣고 나도 모르는 사이에 나는 다른 이야기를 하고 있는 것이다. 그 이유인즉 일단 직장생활의 초기는 자신감이 없었던 것이 원인이었고 또 하나 경청의 부족이었다. 자신감이 없으니 상대편의 이야기에 어떻게 대응할지만 그리고 나의 이야기만 하려고 했던 것이다. 먼저 경청을 잘 해야 말이 잘 나온다는 것을 몰랐던 것이다. 소통이 잘 되질 않으니 나 스스로 이야기의 문을 닫고 관계는 이해가 아닌 오해로 변한다는 것을 알게 되었다.

경청이 곧 소통이다.

소통은 말하기, 듣기, 읽기, 쓰기로 구분된다면 그 중에서 말하기가 30%, 듣기가 45%, 읽기 16%, 쓰기가 9%정도 차지한다. 이 말은 듣기가 얼마나 중요한지 잘 보여주는 사례이다. 많은 사람들은 실제 생활속에서 어떻게 말해야 하는지는 배우지만 어떻게 경청해야 하는 지 배우는 경우는 드물다. 경청을 한다는 것은 단순히 듣는 것이 아닌 효율적으로 듣는 것을 말한다. 훌륭한 경청자는 상대가 말하는 내용 뿐아니라 상대의 감정과 느낌까지 이해한다. 이런 느낌은 상대방으로 하여금 나에 대한 관심으로 이해되어 관계에 있어서 많은 긍정적인 면을 가져다 준다. 첫번째, 주의를 집중하고 정신을 모아 경청한다. 두번째, 상대와 눈을 맞춘다. 세번째, 상대의 말을 끊지 않도록 한다. 네 번째,

결론을 내려 하지 말고, 일단 다 들은 후에 신중하게 고민한다. 다섯번째, 적극적으로 피드백을 한다. 이 피드백은 평가를 내리는 것이 아닌 상대방의 말을 이해했다는 표시이다. 기울여 듣는 것은 문을 열어 보는 것이다. 다른 사람들과 우리 모두의 삶과 관계를 맺는 것이다.

또한 소통은 '상대방의 입장'에 대한 이해 바로 '배려'가 있어야 통한다. 사람들은 누구나 자기가 듣고 싶은 것만 들으려 하는 경향이 있다. 하지만 상대방의 입장에서 생각하여 경청하고 이야기 하는데 어떻게 통하지 않겠는가? 이미 열려 있는 마음 안에 우리는 통하고 있는 것이다. 제스츄어로 행동하고 눈을 맞추며 이야기 하고 이러한 모든 것이 상대방의 입장을 생각하는 배려의 마음에서 통하는 것이다.

직원들간의 소통도 마찬가지 이다. 감정의 상호연계는 교류를 통해 발생한다. 세상에는 말로 표현해야 비로소 이해시킬 수 있는 일이 참 많다. 게다가 소통이 원활하지 않아서 생기는 오해는 서로 이해하는데 불필요한 번거로움을 낳는다. 만약 지금 관계가 불편한 동료가 있다면 적극적인 의사소통으로 갈등을 풀도록 노력해야 할 것이다.

다음은 효과적인 소통의 기술을 소개 한다.

상황에 딱 맞는 유머는 거절이나 비평이 될 수 있는 대립과 갈등을 줄이고 목적한 바를 이룰수 있는 언어 스킬이다. 생동감 있는 화술로 많은 사람의 이목을 집중 시키자 이 또한 중요한 소통기술이다.

입을 열기 전에 충분히 준비해야 한다.

말을 하기 전에 사전에 준비를 갖추어야 한다. 영업사원에게 자료를 보자고 했는데 가져 오지 않았다고 한다면 어느 누가 그에게 신뢰를 가지겠는가?

세계적인 자동차 판매왕 지라드는 "나는 반응이 풍부한 경청자가 되는 것을 더 바랍니다. 말만으로는 결코 팔 수 없는 것도 경청하는 것으로 가능합니다"

경청은 상대의 이야기에 주의를 기울이고 상대의 입장에서 사고함으로써 정보를 완벽하게 이해할 수 있게 한다. 다른 사람의 눈을 주시하며 소통하는 연습을 하여 다른 사람의 언어를 깊이 이해하고 그들에게 공감의 제스추어를 한다면 좋을 것이다.

단, 침묵과 수다는 주의해야 한다. 입을 굳게 다물고 교류와 토론 심지어 회의에서 조차 침묵을 하는 것은 금물이다. 당신이 아무리 엄청난 가치를 지닌 생각을 하고 있어도 다른 이는 당신의 진의를 읽지 못한다. 반대로 너무 수다스러운 사람은 가벼워서 신뢰감이 없고 겸손하지 못하다는 인상을 줄 수 있다.

효과적인 의사소통이란 이해력 있고 능숙한 소통자 즉 말을 할 때는 자신감이 있고 명료하여야 하며 서로의 의식이 교류하는 환경에서 가장 적합한 방법으로, 진실하고 꼭 필요한 내용을 이해 가능한 수신자에게 전달한다. 또한 의사소통의 진짜 목적이 무엇인지 파악해 이 메시지를 통해 당신이 정말로 무엇을 얻으려 하는지 항상 자신에게 되물어야 한다. 내용은 진실해야 하며, 의사소통을 할 때는 상황, 시기도 견주어 적절성을 파악해야 한다. 모든 일에는 때와 장소가 있다. 그 무엇보다 상대편의 입장에서 배려하는 마음을 열고 경청하면 소통이 된다. 결국, 소통은 '배려' 라는 단어 안에 모든 것이 '통' 한다.

'좋은 소통' 은 행복한 직장생활의 '윤활유' 와 같다. 워킹맘의 윤활유로 행복한 꿈터 나의 꿈을 이루자.

06

'꿈' 버티기 한판
(직장생활 잘 버텨야 이기는 법)

　　꿈을 이루기 위한 꿈터 직장생활에서 버티기란 여간 쉬운 일이 아니다. 워킹맘이 힘든데 괴롭히는 상사까지 있다면 당장 사직서를 내고 싶을 것이다. 그런데 꿈을 이루기전에 사직서는 결코 금물이다. 버티자. 버텨야 한다.

　나또한 어찌 직장생활 20여년이 가까운데 힘든 것이 없었겠는가? 신입사원 때는 아무것도 몰라서 그랬고 꿈을 꾸고 나서도 많은 어려움에 부딪혔었다. 남들보다 더 일찍 출근하고 열심히 최선을 다했지만 승진은 동기들 보다 늦었고, 늦은 승진은 오히려 다른이에게 오해를 받았다. 시간이 흘러 오해도 풀리고 동기들과의 격차도 회복이 되었지만, 열심히 했던 만큼 좌절과 실망으로 몸과 마음이 많이도 지쳤었다.

특히 존경하는 분들로 부터 전문서적 편찬에 대한 오해는 내가 너무도 존경하는 분들이었기 때문에 상처가 심했던 것 같다. 한때는 병원에 출근하기도 싫었고 병원 앞 주차장에서 고개를 들 수 없었다. 이런 힘 겨움을 이겨내려 직장안에 나만의 정원을 만들기 시작했다. 출근하기 싫을 땐 나만의 정원 안에 나무들의 변화하는 모습들을 보고 미소지으 며 기운을 얻었다. 또한 씨앗을 심어 꽃이 피울 때까지의 과정을 바라 보며 내일이면 피우게 될 꽃을 상상 하는 희망을 안고 그렇게 출근하 며 버티었다.

아무리 실력이 있고 능력 있어도 인내심이 없으면 기회를 얻지 못 한다. 직장에서 승진과 보직에 대한 욕심은 버릴래야 버릴 수 없다. 그 것은 '인정' 이란 단어가 들어가므로 삶을 만족 시키는데 중요한 요소 이기 때문이다. 직장생활에선 아무도 알 수 없다. 멀쩡히 잘 다니던 사 람이 회사를 그만두거나 다른 부서로 이동할 수 있다. 내가 아는 K임 원은 임원이 될 줄 아무도 몰랐다. 예정되었던 M임원, S임원이 있었 는데 한분은 갑자기 퇴사하였고, 한 분은 교통사고로 세상을 떠나게 되었다. 결국 K임원이 되었다. 인내인 것이다. 그 자리를 버티었기에 기회를 잡은 것이다.

중국의 강태공이 자신을 알아주는 주인을 만나기 위해 70세가 넘도록 낚시질로 하루를 인내하면서 세상 낚을 준비를 하지 않았던가? 그 세월 덕에 훗날 주나라를 개국한 서백창의 눈에 띄어 주나라를 세운 일등 공신으로 제상이 되었으며 제나라 왕에 봉해졌다.

일본 전국시대 3대 영웅 노부나가, 히데요시, 이에야스에게 '두견 새가 울지 않을 때는 어떻게 해야하는가?' 라고 물었을 때 노부나가는 죽여야 한다고 했고, 히데요시는 울 때 만들어야 한다 했지만, 이에야 스는 울 때까지 기다린다고 했다. 결국 이에야스는 일본 전국시대를 통일 했다.

훌륭한 인물들의 공통점 중에 하나는 인내이다. 참고 버티는 것이고 기회가 올 때까지 기다리는 것이다. 지금 당장 힘들다고 사직서 낸다면 3일 몸은 편하여도 30년 후회 할 것이다. 인내는 내 꿈을 위한 인생의 등대이다. 헤매고 있는 나를 한 방향을 보고 잘 갈 수 있도록 인도 한다. 직장생활에서 잘 버티기 위해서는 어깨에 힘을 빼고 나에게 때가 오기를 기다려야 한다. 기다리는 동안 엄청난 고통에 시달리지만 고통 뒤에는 반드시 미소 지을 때가 있다. 반드시 당신의 꿈을 손에 쥘수 있을 것이다. 버티면 보인다.

〈버티기 한판, 실천편〉

– 나의 집처럼 직장인 나의 사무실 창문 밖에 코스모스를 심었다

힘들어 출근하기 싫은 직장에 창 밖에 코스모스를 심기로 했다

씨앗 주문

며칠 후 싹이 올라옴

싹이 점 점 자라는 모습

처음 고개를 내민 코스모스

활짝 핀 코스모스

나무는 태연스럽게 봄의 폭풍우 속에 서서

화려한 여름이 뒤이어 오지 않을지 모른다는

걱정은 하지 않습니다.

여름은 꼭 오게 되어있으니까요. 그러나 여름은

마치 눈 앞에는 영원함이 있다고 하듯이

아무런 생각도 없이 조용하고도 천천히 대응하는

인내심 강한 사람들에게만 다가오는 것입니다.

−⟨젊은 시인에게 보내는 편지⟩ 릴케 −

07

'꿈' 지금
(지금의 자리에서 최선을 다하라)

　　　　　　　　　"탁이엄마! 글쎄 지혁이가 00고등학교 전교 1등이래! 아마도 서울가면 그렇게 못할 건데 여기라서 그런가 봐!" 기말고사가 끝날 때쯤 동네에 친한 엄마가 나에게 뛰어왔다. 나는 그렇게 생각하지 않는다. 어느 지역에서 1등 하는 아이들은 다른 곳에 가서도 1등 하리라 생각된다. 아니 바로는 환경이 틀려서 1등은 못하겠지만 상위권에 있을 것이다. 그리고 그곳에서 또다시 노력하여 1등 아니면 2등이 될 수 있는 것이다. 1등을 한다는 것은 그들만의 노하우 그리고 절대적인 노력이 있는 것이다. 아마도 그 자리에서 정말 최선을 다한 결과일 것이다. 그렇게 최선을 다하는 사람들이 다른 곳에 간다고 중간에도 들지 못한다는 것은 말이 되질 않는 다고 생각한다. 꿈을 꾸는 것이 뜬구름을 잡는 것은 아니다. 지금 자리에서 최선을 다할 때 이룰 수 있는 것이 꿈을 꾸고 이룰 수 있는 것이다. 자기자리에서 최선을 다하지도 못하면서 다른 무언가를 한다는 것은 말 그대로 '뜬구름' 일 수 있다. 자기것도 똑바로 하지 못하면서 꿈을 꾼다면 모두에게 웃음거리가 될 것이다.

미국 역사상 최연소 합참의장, 흑인 최초 국무장관 '콜린' 은 어린 시절 미국 뉴욕 가난한 이민자들이 생활하는 곳에 자랐다. 그는 콜라 공장에서 여름 동안 바닥을 청소하는 청소부로 들어가서 아르바이트를 하였다. 어느 날 콜라 병이 가득 들어 있는 상자가 넘어졌고, 아수라장이가 된 유리파편이 된 공장에서 그는 몇 시간 동안 쪼그리고 앉아 조각을 줍고 바닥을 닦았다. 그는 묵묵히 자신의 일에 최선을 다한 덕분에 다음 해 그를 다시 채용하게 되었을 때 그에게 바닥 청소 대신 음료 주입기를 맡겼고, 그 다음해 그는 음료 주입팀의 부책임자로 승진하게 되었다. 그 모든 것은 자신의 성실이 보여준 결실이었다. 그는 "성실함 속에 세상의 모든 기회가 숨어 있다"고 이야기 하였다.

또 하나의 예로, 한국 여성 최초 외국인 회사 임원이 된 김남희씨는 복사 하나로 임원까지 되었다고 한다. 그녀는 사원시절 남들이 소홀히 생각 할 수 있는 복사를 정성스럽게 하여서 임원들조차 복사를 할 때 그녀를 찾았다고 한다. 우리가 넘길 수 있는 사소한 일마저 자기에게 주어지면 최선을 다하는 그녀가 있었기에 지금의 최초 외국계 기업 여성임원이 되지 않았을까? 나 또한 그렇게 생각한다. 지금의 자리에서 충실하지 않은데 어찌 꿈을 이루겠는가? 오늘이 미래라는 말이 있다. 직장에서도 오늘 이 순간 최선을 다하는 사람만이 꿈을 이룰 수 있다.

산다는 것은 이 순간을 사는 것 아니겠는가 지금 이 순간을 끌어안지 않으면 어떤 삶이라도 제대로 사는 삶이 아닐 것이다. 워킹맘, 꿈을 위해 지금 이 순간, 지금 이 자리를 끌어안고 최선을 다하라.

지금 이 순간 지금 여기
간절히 바라고 원했던 이 순간
나만의 꿈이 나만의 소원
이뤄질지 몰라 여기 바로 오늘

지금 이 순간 지금 여기
말로는 뭐라 할 수 없는 이 순간
참아온 나날 힘겹던 날
다 사라져 간다 연기처럼 멀리
지금 이 순간 마법처럼
날 묶어왔던 사슬을 벗어 던진다

지금 내게 확신만 있을 뿐

남은 건 이제 승리뿐

그 많았던 비난과 고난을

떨치고 일어서 세상으로 부딪혀 맞설 뿐.

–뮤지컬〈지킬 앤 하이드〉 OST '지금 이순간' 중에서–

[08]

'꿈' 감사
(직장에 감사하며 이루어라)

〈감사의 **효과**(Gratitude Effect)〉의 저자인
'존 디마티니' 박사는 어린 시절 그의 어머니가 학습장애인인 자신에
게 "넌 축복받고 있고 자신의 삶에 감사하는 사람은 더 크고 더 많은
축복을 받게 된단다."라는 말을 평생 잊은 적이 없고 이 말 한마디가
〈감사의 효과〉의 비밀이라고 말하였다. 많은 강연장에서도 그리고 모
든 사람들에게 물어도 가장 힘이 나는 말은 '감사'와 '사랑'이라고 한
다. 우리는 이렇게 감사할 일을 모두 타인에게만 이야기 한다. 하지만
삶의 모든 것에 감사할 일이다. 타인이 아닌 조직이라는 직장도 우리
는 감사의 마음을 가져야 한다.

〈누구를 위해 일하는가?〉 는 전 세계 기업 직원들의 필독서이기도 하다. 이 책은 업무에 대한 책임감, 기업정신, 노력과 열정이 얼마나 중요하고 당신이 하는 모든 것을 자신을 위한 것이라고 명시하고 있다. 이 책을 보면 아버지가 사회에 갓 발을 들여 놓은 아들에게 해주는 말이 나온다.

"아들아, 너는 그 일에 영원히 감사해야 한다. 네가 열심히 일해서 월급이 올라가면 당연히 감사한 것이고, 그렇지 못하더라도 감사할 줄 알아야 한다. 너는 그 일을 통해 이미 많은 것을 얻었고, 결국은 너 자신을 위한 것 아니겠니? 그것만으로도 감사한 일이란다."

나또한 직장에 들어와서 감사하는 일 들이 많았다. 일단 경제적으로 내집마련 하고 풍족하지는 않지만 여비는 있다. 국내든 해외든 어디든 갈 수 있는 여비, 그리고 눈에 보이지 않는 끈끈한 정의 관계들과 존경하는 분과 함께 하는 것. 그리고 아이들 키우고 꿈을 이루었는데 어찌 감사하지 않겠는가? 그러한 감사의 마음이 있었기에 맡은바 최선을 다하였다. 꿈을 이루는 데 모든 것의 첫 출발은 감사의 마음 아니겠는가?

일단 직장에 들어간 이상 자신이 회사의 주인이라는 생각으로 맡은바 일을 최선을 다해야 한다. 당신이 회사를 위해 최대 가치를 만들어

낼 때 자신의 가치도 최대가 될 수 있다.

우리는 불평을 줄이고 너그러워져야 한다. 영화 〈와호장룡〉에서 이모백이 사매에게 이런 말을 했다. "손을 움켜쥐면 아무것도 없지만 손을 펴면 모든 걸 가질 수 있어." 어떤 일을 선택했으며 그 일에 최선을 다해야 한다. 하는 일이 재미없고 연봉이 적다고 해도 지금 하고 있는 일을 잘 해내고 끝까지 책임지는 태도가 중요하다. 일을 소중히 여기고 감사하는 마음을 담는다면 더 즐겁게 일하면서 많을 것을 얻을 수 있다.

주인의식을 가지고 내가 사장이라고 생각하고 일하여야 한다. 입장을 바꾸어 내가 사장이라고 생각하고 일을 한다면 일에 대한 열정이 남다를 것이다. 당신도 나중에 CEO가 되지 말라는 법은 없다. 인생이란 그런 것이 아니겠는가? 이 또한 배우는 것이다. 이렇게 입장을 바꾸어 생각하면 어느덧 불평불만도 사라지고 일에 대한 이해의 폭과 시야가 넓어질 것이다. 자신의 모든 에너지를 총동원해 본분을 다한다면 신뢰할 만한 직원, 사장이 인정하는 직원, 큰일도 믿고 맡길 만한 직원이 될 수 있다.

감사하는 마음은 직장을 향한 충성이 아닌 자기 자신의 평화의 감정이다. 직장에 대한 감사의 마음과 행위는 부메랑처럼 자신에게 돌아온다. 평온한 마음에서 모든 것이 일어나기 때문이다. 시크릿 저자 '론다 번' 도 저서 〈매직〉에서 감사하는 마음이 지닌 마법의 힘을 활용하여 건강, 돈, 일, 인간관계를 근본적으로 변화시키고, 꿈을 실현시킬수 있었다고 한다. 워킹맘, 감사하라. 당신의 직장에 감사하라. 그리고 꿈을 이루어라.

세상에서 가장 지혜로운 사람은 배우는 사람이고
세상에서 가장 행복한 사람은
감사하며 사는 사람이다.

– 탈무드 –

"손을 움켜쥐면
아무것도 없지만 손을 펴면
모든 걸 가질 수 있어."

PART

03

꿈을 위한 가정생활 및
육아 노하우

"남편은 나의 꿈의 파트너이고
비지니스 파트너이다. 백지장도 맞들면 낫다고 한다.
남편은 나에게 정보력 판단력 경제력도 배가 되고
나의 경쟁력도 배가 된다. 꿈은 남편과 함께 꾸어라.
남편이 존재하기에 당신의 꿈도 있다."

'꿈' 보금자리
(가정은 당신 꿈을 위한 보금자리)

꿈을 이루기 위한 건강한 가족 만들기

가정이 없으면 꿈을 이루고 이루어야 할 가치가 있겠는가? 가정은 모든 것에 근본이며 핵심이다. 그리고 가족들이 세상을 살아갈 힘의 원천이 되고, 가족 각자 걸어가게 될 삶의 이정표가 된다. 사랑과 행복이 넘치는 가정은 가족들이 미래를 향해 뛰어나갈 힘의 원천이 된다. 마음이 편안하기에 꿈을 꾼다는 생각도 해보는 것이다. 그렇지 않겠는가? 가정이 편안하지 않고 내 마음이 불편한데 어찌 내면의 에너지를 쏟아서 앞을 향하고 열정을 쏟아 붓겠는가? 이렇게 가정의 소중함을 알지만 나조차 그러하지 못할 때가 많다. 직장생활을 하다 보면 때론 나를 이해해 주는 가정이 가장 편하므로 우선순위에서 뒷쪽으로 밀릴 때가 있다. 하지만 그것은 잠시 일 뿐 가정이라는 가슴속 틀이 있었기에 꿈을 이룰 수 있었다.

가정은 꿈을 위한 보금자리이다. 이 보금자리는 꿈꾸는 건강한 가족에 의해 만들어진다고 생각한다. 내가 생각하는 꿈꾸는 건강한 가족이란 몸과 마음이 모두 건강하고 행복한 가정을 의미한다. 그리고 나의 꿈 뿐만 아니라 가족 전체가 꿈을 향해 도전을 할 수 있어야 한다. 가족이 함께가 아닌 나 혼자 꿈을 꾸고 앞으로 나아가고 있다면 그것은 뜬구름만 잡는 것이 아닐까? 나 뿐 아니라 가족 구성원 한명 한명이 별과 같은 존재이다. 가족 모두 자신의 재능과 역량을 발휘할 수 있고, 자존감도 높으며 자신의 역할에 만족하여야 한다. 그리고 서로를 지지 할 수 있어야 한다. 가족 모두 희망, 열정 에너지가 있을 때 함께 할 수 있다. 가족 모두 행복함을 느껴야 하지 않겠는가?

이러한 꿈꾸는 건강한 가족이 되려면 어떻게 해야 할까?

첫번째, '우리 가족' 이라는 소속감을 느낄 수 있도록 집안 분위기를 만들어 보자.

어느날 아이와 이야기를 하다가 적지 않은 충격을 받았다. 알고 보니깐 초등학교 4학년 때 '왕따' 를 당했다고 하였다. 그 기간동안 힘들었을 아이를 생각하니 마음이 아팠지만 그 사실을 엄마인 내가 몰랐다는 것이 더 충격적이었다. 하지만 나의 아이가 이야기를 하지 않았던 것은 엄마와 아빠가 항상 '우리가족이 있어 행복해' 라는 이 말에 마음속으로 친구들이 놀아주지 않아도 '나의 편이 되어 주는 우리가족이 있는데 어때' 라는 생각으로 항상 집에 달려 왔다고 한다.

이렇듯 밖에서 남편 그리고 아이들이 어떠한 곳에 소속되지 못하더라도 집이라는 곳은 나를 감싸주는 온화하고 평화스러운 곳으로 만들자. 생각해 보라. 아이들뿐만 아니라 어른들 또한 어떤 집단 안에 소속감을 느낄 때 정서적으로 안정감을 느낀다. 어떤 소속에 속하지 않고 있으면 왠지 불안함을 느끼지 않는가? 나 또한 그러한 느낌을 받을 때가 있었다. '왕따' 라는 느낌이 대표적이지 않은가? 그래서 우리 워킹맘의 꿈을 이루려면 집안을 온화하고 평온한 가정을 만들도록 노력해야 한다. 그 평온함 안에서 안정을 찾으면 우리는 가족 각자 내 안의 꿈을 꺼내어 올 수 있을 것이다. 아이들 또한 평온함 속에 다양한 경험(음악, 미술, 문화, 리더쉽 스포츠 등)의 기회를 통해 가장 흥미로운 것을 찾아 나를 발견할 수 있을 것이다.

워킹맘, 우리는 온화한 가족 체계 안에 가족 구성원 모두 진정한 나를 찾을 수 있고 나뿐아니라 가족들의 꿈을 키울 수 있다.

두 번째, 하루 한 끼 식사는 가족 모두 모여 꿈의 대화를 공유하도록 하자.

아이들이 고학년 혹은 중·고등학생이 되면 학원 스케줄 시간과 남편 그리고 나의 퇴근시간 또한 잘 맞질 않아서 저녁은 함께 하기 힘든다. 직장생활을 하다보면 회식 혹은 야근이 있을 수 밖에 없다. 그러하기에 나 또한 저녁보다는 아침식사를 가족끼리 함께 모여 식사를 한다.

아침식사는 아이의 두뇌와 건강에 좋다는 말도 있듯이 가족의 건강을 위해서도 아침은 함께하는 습관을 들이도록 하자. 그리고 주말에 한번 정도는 저녁에 함께 모여 식사를 하고 함께 정리를 하도록 한다. 밥을 먹으며 각자 하고 싶은 이야기와 꿈 이야기를 함께 나눈다면 서로의 꿈을 지지 할 수 있다. 대화 방식도 '어떻게 하면 좋을까?' 하고 열린 식의 질문을 던지면서 이야기 하여 보자. 대화는 훨씬 길어지고 자연스러워 질 것이다. 간혹 이야기 중에 아이의 말 혹은 그 누구의 말을 중간에 끊는 경우가 있다. 이런 점을 유의하도록 미리 교육 후 가족 모두 끝까지 경청 할 수 있도록 한다. 이것이 밥상머리 교육이며 이를 통해 우리는 가족에 대한 이해와 서로의 꿈에 대한 열정을 공유하는 공간이 마련된다.

세 번째, 위기관리법을 준비하여 '꿈의 보금자리'를 지키자.

위기가 찾아오지 않는 가정은 없다. 나 또한 꿈을 꾸고 달리는 동안 가정에 위기가 찾아 왔다. 내가 박사 논문 통과 할 시점에는 가정 보다는 시간의 배분이 오로지 논문에 치우쳐 있으므로 가족들이 많이 지쳐 있었다. 그 시점에 아이가 자전거를 타고 사고가 나게 되었는데, 남편은 집안에 소홀한 나를 원망하였다. 그 때 남편과 심하게 다투는 동안 서로의 상처에 더 큰 상처를 주게 되면서 가정에 위기가 찾아왔다. 하지만 아이가 이렇게 말하였다.

"엄마, 아빠 우리가 무슨 일 있어도 함께하는 거라고 했잖아?"이 말 한마디에 우리가족은 서로 부둥켜 안고 울었다.

결혼을 하고 아이를 낳고 키워보니 이젠 어느 정도 인생이라는 페이지가 녹록하지 않는다는 것을 느끼지 않는가? 직장에 아무런 일이 없으면 집에서 일이 생기고 이러한 것들을 알아가고 있는 우리이다. 따라서 가정에서의 위기도 생각하여야 한다. 이 위기는 시기가 언제 오는지의 차이 이다. 아무리 훌륭한 부모, 훌륭한 아이라 할지라도 삶에 있어 어찌 그런 날이 없지 않을 수 있겠는가? 이러한 위기가 찾아 오면 그 위기는 가족 전체의 삶에 큰 영향을 미친다.

어느 날, 갑자기 가족이 건강에 문제가 생길 수도 있고, 교통사고

등 이렇듯 우리 인생에서 이러한 위기는 그 원인이 가족 스스로가 문제가 되는 경우도 있지만, 다른 외부적인 영향으로 인하여 가족을 위기로 몰아낼 수 있다. 그 원인이 어떻게 되었든 위기가 오게 되면 당황하여 혼란을 겪을 수 밖에 없다. 때론 이 위기 때문에 가족이 뿔뿔이 흩어지기도 한다. 하지만 어떠한 가정은 현명하게 대처하여 더 단합이 잘 되는 가정이 있다.

무엇보다 중요한 것은 바로 준비이다. 이런 위기가 닥치면 우리는 어떻게 하자고 미리 이야기를 해보는 것이다. 그런 상황이 있을 줄 알고 대처하는 가족과 생각해 보지도 않았다가 당할 때와는 대처방법이 틀리다. 침착하게 그리고 사람이 아닌 문제에 초점을 맞추어 해결해 나가는 것이다. 미리 준비를 하게 되면 힘들 때 일수록 더욱 일치단결할 수 있다. 그리고 평상시 일상생활을 유지하려고 노력하다 보면 꿈도 좌절하지 않고 끝까지 갈 수 있다.

가족 간 친밀감, 수용, 지지 등은 우리 삶의 축복 아닐 수 없다. 더군다나 희망을 잃었을 때 위로하고, 실의에 빠졌을 때 힘이 되고, 좋은 일이 있을 때 함께 기뻐하고, 어려운 처지에 있을 때 함께 대처한다는 것이 얼마나 든든한 버팀목인가? 하지만 가정이 이렇게 소중함에도 불구하고 가정은 언제나 뒷전이다. 남편도 그렇고 워킹맘도 의연 중에 그렇게 된다.

워킹맘이 자신의 일을 하거나 꿈을 이루려면, 가장 먼저 가족들의 이해나 협조를 구해야 한다. 그러기 위해서는 가족의 정서적 시스템을 구축하지 않고 독단적으로 일을 진행한다면 그 꿈을 이룰 수 없다. 엄마의 꿈을 이루기 위한 것도 최종의 목표는 가정이다. 내가 자존감이 높고 즐거워지면 가족도 즐겁고 행복하게 되는 것이다. 가족의 행복은 누군가 한 사람의 희생으로 만들어지는 것이 아니라 가족 구성원 모두 삶의 목표가 있고, 그것을 달성해 가는 과정에서 서로 돕고 책임과 의무를 나눔으로써 이루어질 수 있다는 것을 알아야 한다.

〈가정은 당신 꿈을 위한 보금자리: 실천편 일기〉
2011. 8. 25. 목요일   날씨: 무진장 더움ㅜㅜ

도교수님께 다녀왔다. 전문대학시절 때부터 병원 취업 할 때까지 나의 은사님 울 도교수님.. 도교수님께 살짝 의논드렸다. 공부 좀 하고 싶다고.. 이제 대학원에 진학해서 나의 분야에 최고가 되고 싶다고 말씀드렸더니 진작 공부하라고 할 때 공부 하지 그랬냐 말씀하시는 울 교수님.. 탁이아빠가 좋아 하지 않는 것 같다고 말씀드렸더니 탁이아빠와 함께 오라고 하셔서 탁이 아빠랑 함께 교수님께 갔다.

"자네.. 울 추선생이 얼마나 열심히 살아왔는지 자네가 더 잘 알 것 아닌가.. 추선생 저렇게 결심한 것 보니깐 자네 걱정 안 해도 될 듯 하네.."

"네, 교수님! 교수님께서 그렇게 말씀하시니 탁이엄마를 믿어 보겠습니다" 라고 말하는 울 신랑.. 어제 까지 아직 애들도 어리고 손도 많이 가는데 무슨 공부냐고 직장 잘 다니고 애 잘키우면 되지 라고 말하던 신랑이 고개 숙이며 말하는데 이 뿌듯함을 어찌 표현해야 할지.. 내가 무엇을 할 때 이렇게 지지 해주시는 분이 계시다는 것이 넘 좋다. 집으로 돌아오는 차안에서 탁이아빠가 애들에게도 이야기 하였다.

"엄마가 이제 곧 학교도 다니고 공부도 해야 해서 많이 바빠져. 그러니깐 너희들도 엄마를 많이 도와 주어야해. 그리고 너희 들이 할 수 있는 일은 최대한 너희들이 알아서 해야 한다. 알았지. 물론 아빠도 도와주겠지만.." 아무리 생각해도 눈물이 난다. 가슴이 저려오는 이 마음은 어쩌지? 너무 설레인다. 이제 가족들의 동의하에 새로운 시작을 하게 되었다. 왜 이리 떨리는지 모르겠다. 공부!! 다시 시작해 보는거야!! 뭘 부터 해야 할까? 볼펜과 연필도 새로 사고 필통도 사야겠다. 아! 맞다. 난 예전에 노트정리 잘 했는데 색연필도 사서 교수님 말씀하는 것 노트필기 잘 해서 다른 사람들에게 그럼 색연필도 사야지 그런데 예전처럼 잘 할 수 있을까? 넘 오래되었다. 10년이 훌쩍 넘었는데.. 영어단어도 생각 안난다.

어젠 냉장고에 핸드폰도 넣었는데 잘 할 수 있을까? 교수님 그리고 가족들에게 이렇게 지원을 얻어 놓고 못하면 어쩌지? 괜스레... 갑자기 자신감이 없어진다.

[02]

'꿈' 남편 지지
(신랑은 내 편인가 남 편인가; 신랑을 내편으로)

남편과 대화가 통하여야 내편이 될 수 있다

　나의 꿈을 이루기 위해서 첫 번째는 나의 든든한 지원군인 남편을 남의 편이 아닌 내편으로 만들어야 한다. 가정 그리고 자기 꿈을 이루기 위해 투자하는 워킹맘이라면 당연히 시계배분으로 보았을 때 가정에는 그 배분이 시간이 조금 소홀 해 질 수 밖에 없다. 그렇다면 그 곳의 빈자리는 남편의 도움을 받지 않을 수 없다. 지금의 남편들은 이제 많이 바뀌었다. 예전 우리 부모님과는 세대가 틀리다. 하지만 뿌리 깊이 박혀있는 남자들의 자존심은 어쩔 수 없다. 남편의 자존심을 건드리지 않으면서 도움을 받을 수 있는 것 이것이 바로 예전 TV광고에서 나왔던 '여자는 남자하기 나름이에요' 라는 말도 있듯이 남편에게 어떻게 하느냐에 따라 남의 편이 될 수도 있고 내편이 될 수도 있다.

우선 남편과는 대화가 잘 통하여야 남편이 나의 입장을 이해하게 되고 도움을 받을 수 있다. 꿈을 위해 남편의 지지는 필수이다.

남편에게 협조를 구할 때

아내가 남편에게 이것 좀 도와달라고 이야기 할 때는 벼르고 벼르다가 참다가 말하는 경우가 많다. 이러한 경우는 울분을 참다가 말하기 때문에 예쁘고 상냥하게 말하기 어렵다. 요구사항이 있을 때에는 구체적으로 어떻게 언제까지 도와달라는 화법으로 이야기 해야지 남편을 설득할 수 있다.

다음은 롯데인재개발원〈기다립니다 기대합니다〉에서 제시한 '남자 대화법'을 바탕으로 나만의 '남편 대화법'으로 적용한 네 가지를 소개하고자 한다.

첫째, 내 마음을 솔직히 표현한다.
우리는 화가 나는 일이 있으면 설겆이 하면서 툭툭 던지거나(행동) 아이에게 괜시리 짜증을 내면서 남편이 나의 마음을 알아 주길 바랄 때가 있다. 하지만 남자는 여자에 비해 공감 능력이 매우 떨어진다. 그래서 말로 하지 않으면 절대 모른다. 내가 화났다는 것을 "나 지금 화났다"라고 구체적으로 말하지 않으면 전혀 눈치 채지 못할 수도 있다. 그러므로 먼저 알아주길 기대하기 보다는 내 감정을 솔직하게 언어로 표현해 주는 것이 좋다.

둘째, 도움을 청할 때도 상세하게 알려줘야 한다.

남편에게 가사나 육아의 도움을 청할 때 막연히 "좀 도와줘요"라 말하면 뭘 어떻게 도와줘야 할 지 몰라 우왕좌왕 한다. 그리고 잘못을 나무라면 "몰랐잖아"하고 더이상 하지 않게 된다. "딱 보면 몰라?"라고 생각하지만 남편은 진짜로 모를 때가 많다. 왜냐하면 관심분야가 다르기 때문에 남자들 눈에는 보이지 않는 경우가 많다. 남편이 알면서도 모른 척 한다고 생각하면 화가 나지만 정말 모른다면 먼저 알려 주는 것이 우선이 아니겠는가? 유치원 아이들에게 하는 것처럼 도움을 청할 때도 상세하게 방법부터 차근차근하게 알려주는 것이 좋다. 설거지를 시작할 때도 그릇에 물을 묻히는 것이 시작이 아니라 식탁을 정리하는 것 부터 라는 것을 이야기 하고 시작해야 한다. 마음속으로는 '어휴! 이렇게 설명을 하느니 차라리 내가 하고 말지'란 생각이 들겠지만 10번 이야기 해주고 10년이 편해진다면 그 정도 수고 쯤은 해야 하지 않을까?

예를 들어 남편에게 "아이하고 좀 놀아줘요"라고 하면 어떻게 놀아주어야 할지 몰라 TV부터 켜거나 휴대폰안의 게임을 꺼낸다. 그때 "어휴!"하고 한숨 쉴 것이 아니라 처음부터 "동화책 세 권 읽어주고 게임해요."이렇게 정보를 구체적으로 주는 것이 더 좋다. 하지만, 지나치게 구체적으로 말하면 잔소리로 들릴 수 있으니깐 남편에게 반드시 알아야 할 팁만 이야기 하고 나머지는 알아서 할 수 있도록 유도한다.

셋째, 남편에게는 결론부터 이야기를 해보자.

남자들은 어떤 대화이든지 결론을 내고 싶어하고, 결론이 나지 않는 대화를 싫어한다. 그것은 해결을 중요시 하기 때문이다. 당신은 그러한 경험이 없는가? 옆에서 이러고 저러고 하면 참다못해 "그래서 결론이 뭐야?"라고 반격을 당해 보지 않았는가? 해결책이 아니라 공감을 원했는데 남편의 그러한 말들은 서운하기 짝이 없다. 여자의 특성에 남자가 맞춰주기만을 바라면 마음 상하는 일만 늘어날 수 있다. 그러므로 남편에게 이야기 할 때에는 가급적 결론부터 말하고 부연설명을 하는 것이 좋다.

넷째, 명령형의 언어는 금물이다.

남자들에게 절대 써서는 안 되는 언어가 명령형 언어이다. "해라!"라는 식의 명령어를 듣는 순간 자신의 권위와 능력이 위협받는다고 생각해서 오히려 반대로 행동하게 된다. 아이들에게도 마찬가지 이다. 사춘기아이에게도 명령형을 쓰면 오히려 반대로 하는 경우처럼 남자도 똑같다. 집안일을 분담하거나 남편의 도움이 받아야 할 때에는 "설거지 좀 해"가 아니라"나 지금 청소기 돌려야 하는데 설거지 좀 해 줄 수 있어요?" "자기가 좀 도와주면 좋을 것 같아요"처럼 도움을 청하는 말투를 써보자. 혹은 "걸레질 해줄 수 있어요? 아니면 빨래 널어줄 수 있어요?"이렇게 양자택일을 하게끔 하는 것도 좋은 방법이다.

또 하나 남편과 대화가 되려면 남자들의 언어를 이해해야 한다. 직장생활을 하다보면 남자들만의 대화가 있다. 남편도 남성 중심의 조직 사회에서 대화를 하고 있는 그 남자들 중 한 사람이다. 가끔 남편은 그 남자들과 다르게 인식하는 경우가 많다. 그리고 남편들 또한 가끔 집에서만 아내를 만나기 때문에 아내 또한 직장여성임을 인식 못 한다. 또한 가정에서 완벽한 아내를 꿈꾸기 때문에 많은 것을 바란다. 따라서 아내도 밖에서는 직장여성임을 인식시킬 필 요가 있다. 그러기 위해서는 대화도 TV프로그램도 시사적인 것과 역사프로그램 등을 함께 보는 것이 좋다. 드라마가 TV시사토론 혹은 역사프로그램 등을 봄으로써 우리는 직장생활에서 남성들과 대화에 섞일 수 있다.

우리집에는 사실 아이들 때문에 TV를 사지 않았다. 하지만 다른사람들과의 대화 때문에 TV프로그램 중 대화의 소지가 될 만한 것들은 컴퓨터로 볼 때가 있다. EBS방송, TV시사토론, 강연프로그램, 역사 저널, 최근에 '알쓸신잡' 등은 얼마나 유용한가? 드라마도 좋지만 남편과 대화 그리고 남성들과의 대화가 되려면 이러한 프로그램들을 함께 하고 이야기 해보도록 하자.

드라마가 아닌 시사토론을 보면서 남편과 대화하자.

시사토론을 보면 좋은 점은 **첫번째**, 어디서든 정치적 사회적 이슈가 되는 이야기에 낄 수도 있고 최근 사회적 이슈가 무엇인지 알 수 있다. 우선 프로그램을 볼 때 토론의 핵심 주제를 기억해야 한다. 그리고 양쪽의 주장을 정리하면서 보되 토론자 중에서 목소리가 크고 말을 조리 있게 잘 하는 사람의 이름을 잘 기억해두는 것이 좋다. 그럼 신랑에게나 아님 직장에 가서 남자들과 이야기 할 때 "어제 화끈 토론 봤어? A와 B랑 싸우는데 장난이 아니더라고" 하면서 말문을 터보아라. 아마도 이렇게 이야기를 시작 하게 된다면 시사 주제를 꺼낸 자체만으로도 직장에서 당신의 지적 수준을 높여 볼 것이다. 그리고 당신의 남편 또한 당신이 드라마만 보는 아줌마라는 인식에서 벗어날 것이다. 그리고 남편 내조에도 도움이 될 수 있다. 이런 지적인 대화를 집에서도 자주 하다 보면 남편 또한 사회생활에서 당신과 나누었던 대화를 머릿속에 새겨놓았다가 직장 혹은 모임등에서 대화 참여하게 된다. 그럼으로써 남편의 내조를 할 수있는 것이다.

두 번째, 시사토론을 보면 지적으로 싸울 수 있다. 시사토론을 보며 지적인 싸움은 어떻게 하는지 보아라. 자기의 주장을 어떻게 펼쳐 나가는지 싸움도 봐야 배울 수 있다. 사실 여자들은 논리에 약하다. 감성이 많아서 싸움 할 때 되면 눈물부터 난다든지 가슴에 북받쳐 할 말도 잃어버린다. 직장생활을 오래 할수록 자신의 생각을 펼쳐야 할 일이 자주 생긴다. 그 때는 논리적으로 펼칠 수 있어야 한다. 또한 시사토론을 통해 자신의 의견을 주장하기 위해 사용하는 여러 가지 전략들 또한 배울 수 있다. 예를 들어 상대방의 말을 토대로 오히려 자신의 논리를 합당화 시키는 점, 겉으로는 국민을 위한다는 명분이지만 속내는 자기정당의 이익을 위하는 포장 기술, 심리전으로 상대편을 공격하면서 자기가 당했을 때는 감정 조절하는 법까지 살아남기 위해 어떠한 방법들을 쓰고 있는지를 볼 수 있다.

세 번째, 세상 사람들이 모두 내 편이 아니란 것을 알 수 있다. 시사토론을 보다 보면 나뿐만 아니라 다른 사람들 모두 그렇다는 것을 알 수가 있다. 아무리 유명한 사람이라 하더라도 반대파의 이야기를 듣게 된다. 나또한 반대파 대한 면역력도 키울 수 있고 살아남아 승리하는 법도 배운다. 남편과의 대화도 사회생활에서 일어날 수 있는 관계에 대한 고민들을 심도 있게 함께 함으로써 남편에게 나를 도와 줄 수 있게 만드는 공감을 더 만들게 할 수 있다.

남편을 이해하고 남편의 기를 살려 내편으로 만들자.

남편의 기를 살리려면 먼저 남편을 알아야 한다. 그리고 남편을 있는 그대로 보고 남편을 이해해야 한다. 당신도 남편이 얼마나 고달픈지 그리고 남자들의 세계에서 살아남기 위해 어떤 고충을 겪는지 당신의 직장생활에서 보지 않는가? 이러한 남편을 이해하고 기를 살려 내편으로 만들어야 한다.

흔히 여자들 모임에서 이야기 한다.
"저는 아들을 셋 키워요"
"원래 아들 둘 아니었어요? 저는 둘 인줄 알았어요"
"어머, 우리 집 큰아들 있잖아요~ 신랑, 그래서 셋이잖아요, 호호호"
이 말은 근거 없는 이야기가 아니다.

남편과 큰아들은 분명 공통점이 있다.

첫 번째는 권리와 의무를 동시에 가지고 있다. 큰아들은 형제들 중 가장 먼저 태어나 부모의 사랑을 한 몸에 받았다고 동생이 태어나면 책임을 부여받게 된다. 형과 동생이 싸우면 부모는 먼저 큰아들에게 야단을 친다. 큰아들에게는 한 살이라도 나이가 더 먹었으므로 동생들을 잘 돌보아야 하는 의무가 있기 때문이다. 그 의무가 큰 만큼 부모로부터 신뢰와 권리를 받는다. 남편 역시 가장으로써 든든한 기둥역할을 해야 한다는 의무를 가짐과 동시에 아내가 신뢰와 믿음으로 자신을 인정해 주길 바란다.

두 번째는 보이지 않는 스트레스를 한 몸에 받는다. 큰아들이 부모에게 보이지 않는 책임감을 느끼는 것처럼 남편 역시 아내와 가족들에게 막중한 책임감을 느끼게 된다. 만약 아내가 전업주부인 경우는 가정의 경제를 맡는 남편의 책임감이 더욱 커지게 된다. 워킹맘의 경우는 가사분담을 남편에게 무의식 중 강요함으로 인해 남편은 더 스트레스를 받기도 한다. 남편이 스트레스를 느끼는지 우리가 한 번 생각해 볼 필요가 있다.

세 번째는 외롭다는 생각을 하게 된다. 큰아들은 동생이 태어난 후 사랑이 뺏긴 것 같아 외로움을 느낀다. 남편 역시 아이가 태어난 후 아내의 관심이 남편에서부터 아이로 옮겨가서 외로움을 느낄수 있다. 남편 역시 아이를 사랑하지만 아이에 대한 사랑을 지켜보는 남편은 때로는 사랑스러운 동시에 사랑을 빼앗겨 마음이 허전할 것이다.

남편에게 강하고 멋진 아버지의 모습을 매번 강요하지는 말아야 할 것이다. 남편 역시 때로는 아이처럼 당신에게 얼마나 기대고 싶겠는가? 남편을 이해 할 때 비로소 내편이 되고 나의 꿈도 다가온다.

아내가 돈을 버는 워킹맘이지만 남편의 내면에는 아니 남자의 내면에는 주인공이 되길 원한다. 그리고 무의식 중에 남자는 '00 해야한다. 남자는 절대로 눈물을 보여서는 안 된다. 남자는 가족을 책임져야 한다' 는 등의 강력한 '남성' 의 사고방식이 세뇌되어 있다. 하지만 실질적으로 남자들의 심리에서는 이러한 강박관념에 사로 잡혀 오히려 열등감이 발생한다. 행여 아내보다 월급도 더 작은 경우에는 열등감이 더 심해질 수밖에 없다. 그런 남편에게 기를 살려줘야 한다.

남편에게 예쁘게 말하는 습관으로 남편의 기를 살리자.

남자는 강하지만 단순하다. 구약성서에 나오는 이스라엘의 삼손은 힘센 영웅이었지만 운명이 걸린 중요한 정보를 적군인 미녀 데릴라의 애교에 다 털어 놓았다.

여자의 애교는 아킬레스건이다. 남편에게 애교를 부려라. 헤픈 여자가 되라는 것이 아닌 남편에게 예쁘게 말하는 습관을 기르자. 그리고 남편의 장점을 칭찬해보자. 타이밍을 놓치지 말고 그 때 그 때 칭찬을 해 주고 인정해 주어라. 여자는 사랑을 먹고 살고 남자는 칭찬을 먹고 산다는 이야기도 있지 않은가? 남자들이 허세를 부리는 것은 오로지 인정을 받고 싶어서 이다. 이 또한 칭찬에 인정이 묻어나는 것이다. 남편에게 당신이 필요한 존재이고, 중요하고 능력 있는 존재라고 느낄 수 있도록 하는 것이다.

남편을 칭찬하는 예쁜 말투 습관

예를 들어 **첫 번째**, 남편이 어떤 일을 끝냈을 때 일 자체 완성도가 아닌 그 일을 해낸 남편의 존재를 높이는 칭찬을 하는 것이 좋다. 남편이었기 때문에 할 수 있는 일이라는 확신을 주는 것이다.

"당신 아니었으면 못 했을 거야"

나는 개인적으로 이러한 칭찬을 많이 한다. 박사학위를 받을 때도 그랬고, 나에게 좋은 일이 있으면 언제나 "당신 아니었으면 못 했을 거야"라고 입버릇처럼 말하였다.

두 번째, 아이와 아빠사이에 예쁜말로 이간질 하라. 아빠와 대화 나눌 시간이 부족한 남편에게는 아이의 마음을 전하여서 남편과 아이들 사이에 보이지 않는 끈을 만들어보자. "아이들이 늘 당신을 고마워하고 있어" 이런 말 습관은 남편을 가장으로써 위계감과 아이들에게도 아빠의 사랑을 전할 수 있는 좋은 연결고리가 된다.

세 번째, 남편의 행동이 나에게 영향을 미친다는 것을 알려주면 한층 자신감을 가진다.

"당신이 그렇게 하는데 나도 좀 더 노력을 해야겠어"

나는 가끔 남편에게 말하면 남편은 더 모범이 되려고 노력하는 모습을 보인다.

네 번째, 남편은 남들과 비교되는 것을 싫어한다. 하지만 다른 남자들에 비해 가장의 역할을 멋지게 하고 있다고 표현하면 자신감과 만족감을 가진다.

"당신이 그렇게 해주니깐 친구들이 나를 부러워해"

내가 가끔 이렇게 이야기 하면 "친구들 한테 쓸데없이 그런 이야길 왜해?"라고 말을 해놓고선

얼굴에는 만족감의 미소를 짓고 있다. 남편에게 이러한 말투로 내편으로 만드는 것이다.

다섯 번째, 남편에게 연애 때처럼 사소한 선물이라도 하며 "밤늦게까지 피곤하지? 당신을 위해 준비했어" 라고 이야기 하며 선물을 해본

다. 계속되는 야근으로 피곤한 남편의 '야근 개근상'을 지정하여 칭찬해 주면 어린아이처럼 미소 짓는 얼굴을 볼 것이다. 가끔 하지만 너무 자주 하는 것은 금물이다. 예전에 자주 해 주었더니 너무 많은 것을 바라는 모습을 보았다.

이렇게 칭찬거리를 찾아서 칭찬해야 하는 것은 맞지만 남편에게 칭찬거리를 찾아내기가 참 힘들다. 하지만 열린 마음으로 관찰하고, 남편에게 예쁜 말의 습관을 길러 남편의 기를 살려보자. 남편을 돈 들지 않는 보약인 칭찬이라는 따스한 이불을 덮어주어라.

남편을 존중하는 예쁜 말투 습관

무의식적으로 당신이 남편에게 위엄과 권위를 무시한다면 아이들은 당신을 따라하여 아버지를 무시하게 된다. 남편을 존중하는 말투 그리고 아이들에게도 아버지의 존재와 역할을 확신 시켜야 한다. 예를 들어 **첫 번째**, 혼자서 충분히 결정을 내릴 수 있는 상황이라 해도 기다려야 한다.

"아빠 오실 때까지 함께 기다려보자, 그런 결정은 엄마 혼자 내릴 수 없을 것 같은데?"라고 아이들에게 이야기 한다.

두 번째, 부모가 서로 의견을 공유한다는 점을 인식시켜라.

"오늘 저녁에 엄마가 아빠한테 여쭤보고 내일 다시 이야기할까?"

세 번째, 아이가 잘못했을 때 아버지 이야기를 한다면 아이는 아버지를 체벌이나 하는 존재로 인식할 수 있다. 좋은 일에도 아버지가 관련되어 있다는 점을 인식시켜 주어라.

"네 생각에는 아빠가 어떻게 말씀 하실 것 같아?"

네 번째, 아이가 아버지가 집안의 중요한 구성원 중에 한사람인 것을 인식하고 아버지 고유의 상을 만들 수 있도록 해야 한다.

"그 결정을 아빠도 찬성하실지 다시 한 번 생각해 보았으면 좋겠어"

남편이 제대로 되질 않는데 당신의 꿈이 무슨 소용이 있겠는가? 남편의 기가 살아야 내 꿈도 밀어줄 수 있다. 남편을 내편으로 만들어라.

남편은 나의 꿈의 파트너이고 비지니스 파트너이다. 백지장도 맞들면 낫다고 한다. 남편은 나에게 정보력 판단력 경제력도 배가 되고 나의 경쟁력도 배가 된다. 꿈은 남편과 함께 꾸어라. 남편이 존재하기에 당신의 꿈도 있다.

〈신랑을 내편으로: 실천편 일기〉

2012년 4월 5일 목요일   날씨: 맑음

탁이아빠랑 한바탕 싸웠다. 큰소리를 좀처럼 내지 않지만 짜증이 얼마나 났는지 모르겠다. 애들과 뒹굴 뒹굴 거리는 모습에 설거지를 하다가 짜증이 나서 고무장갑을 벗어던지고 화를 냈다.

"할 일이 태산인데 청소 좀 해주고 세탁기 빨래 좀 넣어주면 안 돼!!"

"아니.. 어디 큰소리야 애들 앞에서?"

"아까, 쓰레기 버리고 왔잖아."

탁이아빠 또한 시골출신이다. 어머니와 아버지가 들에 함께 가서 일하고 돌아오시면 아버지는 TV를 보러 방에 들어가시고 어머니는 부엌에 들어가 우리들의 밥 준비를 하셨다. 탁이아빠 또한 그 시대에 태어났고 그렇게 자랐다. 내가 부엌에 일하는 것이 당연하다고 생각하는 사람이다. 아무리 이야기를 해도 소용이 없다. 주변에 맞벌이 부부들의 이야기와 남자들이 집안일 한다고 이야기해도 소용없다. 보수적인 시골에서 자란 남편을 이해시키는 데는 어찌할 바를 모르겠다. 내가 공부하니 도와준다고 말해놓고도 어릴 때부터의 습관은 쉽게 버려지지 않는다. 울고 싶다. 연구계획서도 짜야 하고 검사실에 인원 충원 때문에 검사 통계도 내어야 하고 할 일이 태산이다. 뒹굴거리는 남편에게 짜증을 내었더니 오히려 싸움만 커진다. 울고 싶다. 어찌해야 할 지 모르겠다. 어찌해야 할까?

2012년 4월 8일 일요일   날씨: 맑음

웃음이 나 죽겠다. 통쾌, 상쾌 역시 남자는 여자 하기 나름이다. 며칠을 고민 끝에 나의 말투를 바꾸기로 했더니 적중이다 적중. 애들과 놀러 다녀오고 오후 늦게 들어와서 둘 다 피곤했다. 당연히 나의 배려 작전에 돌입했다.

"당신, 피곤할 텐데 쉬어.. 당신이 애들과 잘 놀아주어서 내가 편하던데.. 역시 당신이 최고야 당신처럼 애들을 잘 데리고 노는 사람도 없을 꺼야. 그리고 내일 당신 보고서 제출해야 하는 거 아니야? 빨리 보고서 작성해. 나는 청소 좀 하고 내일 할 일 준비 좀 할께" 하면서 빨래 돌려놓고 청소기를 돌리려 했다.

"내가 할께. 당신도 피곤하잖아 당신도 공부해야 하는 거 아니야.. 같이 하고 쉬자"

그러면서 청소기를 잡고 청소를 시작 하는 것이 아닌가? ㅋㅋㅋ

일부러 큰소리로 아들에게 말했다.

"탁아! 너희 아빠 같은 사람 어디 있는지 알아봐라~ 엄마 피곤하다고 청소도 해 주시고.. 아빠 짱이다 짱!!" 하고 엄지를 크게 내어 보이며 탁이에게 보여 줬더니 탁이아빠가 저편에서 미소를 지으며 일한다. ㅎㅎ

나의 작전이 성공했다. 그래 배려 작전으로 남편을 내편으로 만들기 잘했다.

03

'꿈' 시댁 지지
(시댁식구는 시 월드 인가 내 월드 인가; 시어머니를 내편으로)

시어머니 이해하기

결혼은 둘 만이 아닌 관계의 연속이다. 이 관계는 더 복잡하게 이루어져 있으며 우리는 이 안에서 웃기도 하고 울기도 한다. 하지만 꿈을 이루기 위해 시댁의 지지 또한 무시 할 수 없다. 아무리 훌륭한 어머니라도 '시' 라는 단어가 들어가면 아들 편이 된다. 며느리가 공부 혹은 자기계발 한다고 가정에 소홀 하거나 그 자리를 아들이 메워가고 있으면 속상해 하지 않는 어머니는 없다. 물론 시대가 바뀌어서 맞벌이를 한다고 하지만 그래도 아직 저 뿌리 속 깊이 박혀 있는 그 마음을 어찌 할 수 없다. 그렇다면 어찌하여야 하는가? 꿈은 이루어야 하고 꿈을 이루려면 시댁의 지지를 얻어야 한다. 그리고 시댁의 지지를 얻어 내려면 먼저 시어머니를 내 편으로 만들어야 한다. 며느리 사랑은 시아버지다. 시아버지도 그 나이 되면 시어머니의 눈치를 볼 수밖에 없다. 시어머니를 내 편으로 만드는 것이 가장 현명한 방법이다.

그렇다면 시어머니를 어떻게 내 편으로 만들어야 하는가? 모든 것은 마음이다. 마음이 가야 몸도 가고 사랑도 받을 수 있고 그 마음이 전해질 수 있다. 먼저 시어머니의 입장을 한번 생각해 보라. 시어머니는 일단 친정엄마와 비교해 여러 가지가 다르다. 그들이 살아온 생활의 경험이 다르고, 삶에서의 가치가 다르고, 습관, 취향, 태도, 입맛 등까지 모든 것이 서로 간에 크고 작은 차이가 있다. 같이 사는 남편과도 다른데 시어머니는 어떠하겠는가?

지금의 시어머니 세대는 어쩌면 여자로써 가장 힘든 과도기의 세대라고 말할 수 있다. 지금우리 시할머니 정도 되시는 분들의 시집살이를 해오셨고 현재의 우리처럼 워킹맘도 아니었다. 남편과 자식만 바라보고 살아오셨다. 남편을 보고 '어떻게 키운 내 자식인데' 라는 말이 맞을 듯하다. 그동안 우리 시어머니 시대에서는 남편에게 불만이 많거나 자녀 교육열이 남달라서, 어쩌면 남편보다 아들에 대한 뒷바라지를 더 중요하게 여겼다. 밤늦게 들어 와도 따뜻한 밥과 좋아하는 반찬을 챙겨 주고, 교육을 위해서라면 헌신적으로 노력을 해오지 않았는가? 하물며 아들의 속옷, 양말 심지어 어질러진 방을 청소하는 일도 모두

어머니가 해왔다. 바로 아들의 어머니 우리 시어머니 인 것이다. 그렇게 정성들여서 '어머니'로서 인정을 받았지만 결혼과 함께 아들을 떠나보낸 후 새로운 존재가 모자 사이에 끼어든 것이다. 시어머니 입장에선 며느리는 별반 노력한 것도 없는데 소중한 아들을 빼앗아간 구미호라는 존재가 될 수밖에 없질 않겠는가? 행여 고개를 끄덕인다면 아마도 훗날 당신의 모습일 수 도 있다.

현재 우리의 시어머니는 권위적인 남편에 지금은 며느리 눈치까지 보고 있다. 사실 우리 입장에서도 눈치를 보지만 시어머니 입장에서도 내심 많은 눈치를 보고 있는 것이 사실이다. 이런 시어머니의 마음을 이해하고 다가가면 사랑받을 수 밖에 없다.

다음은 내가 시어머니를 이해하기 위해서 읽었던 박정희〈고부관계의 심리학〉의 창조적 고부관계를 소개하고자 한다.

시어머니를 이해하고 내편으로 만드는 방법(창조적 고부관계)

첫 번째, 시어머니는 친정어머니처럼 될 수 없다고 인정하자.

인정하는 것이 제일 쉽다. 어찌 시어머니가 친정엄마처럼 될 수 있겠는가? 위에서 이야기 된 것처럼 시어머니를 이해한다면 이것도 쉬울 것이다. 좋아 지려고 친정어머니와 같은 관계처럼 맺어야 내편이 된다고 생각할 수 있으나 그 자체가 무리이다. 기대 그 자체가 나쁜 것은 아니지만 기대가 크다보면 실망도 큰 것이 문제가 될 수 있다. 친정 어머니가 아닌데도 불구하고 이정도 해주시면 '감사하다' 라는 마음을 갖자. 그럼 그 순간부터 사랑이 싹틀 것이다.

두 번째, 남편에게 선택하라고 말하지 말자.

시어머니와 관계가 좋지 않을 때 남편에게 종종 묻는다. "당신 어머니 말이 맞아? 내말이 맞아? 당신 누구편이에요? 둘 중에 누구를 선택 할꺼예요?"라고 하는 말은 아이들에게 엄마 아빠 둘 중에 누가 좋냐라고 물어보는 것처럼 곤란한 질문도 없을 것이다. 부부관계는 촌수도 없다고 하지만 모자관계는 이미 부부관계보다 먼저 앞서 맺어진 것이 다. 어쩌면 시어머니에 대한 험담은 남편에 대한 모독이 될 수 있다. 지혜로운 여자가 되려면 남편에게도 시어머니에 대한 험담과 둘 중 선 택하라는 터무니 없는 말 보다는 남편에게 며느리로써의 입장 그리고 장모와 사위의 관계로 입장을 바꾸어 설명하는 것이 필요하다. 남편에 게 선택을 요구하는 것이 아닌 남편을 이해시킬 필요가 있다. 사이가 좋을 때는 그렇지 않지만 사이가 나쁠 때는 흘러서라도 시어머니에게 들어가면 모든 가족관계가 좋을 수 없다.

세 번째, 시어머니를 칭찬하자.

세상에는 장점 없고 단점 없는 사람이 없다. 시어머니 또한 마찬가지이다. 한편 우리 자신 또한 장단점이 있으니 시어머니의 긍정적인 면을 더 살피도록 노력하여 여러 사람 앞에서 아낌 없이 칭찬하자. 감사할 일이 있으면 시댁식구 다 모인자리에서 공식적으로 칭찬드리는 것도 좋은 방법이다. 동네 미용실에 가서도 시어머니를 흉보지 말고 칭찬하여 보자. 언젠가 흘러 들어 시어머니 귀에 들어가면 고부관계가 좋아질 수밖에 없다.

네 번째, 명확하고 예의 바르게 표현하자.

고부관계에서도 당연히 며느리 입장으로써 서운한 것이 있을 수 있다. 그럴 때는 무조건 참다가 나중에 터트리는 것 보다 기회를 봐서 예의 바르고 명확하게 표현하는 것이 좋다. 가슴에 담아 두지 않으므로 시어머니에 대한 벽이 쌓여지는 것을 막을 수 있고 본인 스스로도 스트레스가 줄 수 있다. 대신, 속상한 것을 표현 할 때는 명확하고 예의 바르게 표현한다. 예를 들어 "어머니~ 제가 이래서 속상했어요. 어머니께서 그런 말씀하시니깐 제 마음이 어떠 했어요"라고 표현 한다면 시어머니도 며느리의 마음을 이해해 줄 것이다.

다섯 번째, 시댁 식구들을 협조자로 만들자.

시누이, 올케, 동서 등과 의논하여 협조자로 만들어 보자. 시어머니가 무엇을 좋아하고 무엇을 싫어하는지 그리고 이럴 때 어떻게 하는

게 좋은지 하나하나 물어 보는 것도 좋은 방법이다. 시어머니와 잘 지내려고 노력하는 데 모른 척 할 사람은 아무도 없다. 행여 어떠한 문제가 생길 지라도 당신의 협조자가 되어 평화를 유지할 수 있다.

시어머니에게 사랑 받는 법

첫 번째, 알고 있다 하더라도 시어머니에게 질문 하는 것이다. 시어머니에게 며느리는 가르침을 줘야 할 존재로 인식되어 있으며, 본인 스스로 가르침을 주는 것에 대하여 자랑스럽게 생각하고 있다. 본인이 요리의 대가라 하더라도 시어머니께 물어보면 아주 좋아하신다. 뿐만 아니라 이제껏 살아온 나의 환경과 전혀 다른 시댁이라는 또 다른 환경 속에 그것 받아들이려면 시어머니를 통해 그 집안의 풍습을 알고 스며들어가는 것이 편하다. 무슨 말을 해야 할지 모르겠다면 남편의 어릴적 이야기, 시아버님과의 연애, 신혼시절 이야기, 육아의 고민 등 먼저 이야기 보따리를 풀어보자. 뿐만 아니라 사소한 것조차 의견을 물으면 서로의 마음도 알게 되고 서로의 입장을 이해할 수 있는 기회가 된다.

두 번째, 안부전화 드리기이다. 가끔 시간 될 때 안부전화를 하면 훨씬 가까운 사이가 된다. 개인적으로 특별한 날은 누구나 다 안다. 하지만 복날(초복)등은 다른 사람들이 잘 챙기지 않는 경우가 많으므로 그날 전화 통화이라도 드리면 시어머니는 더욱 좋아 하신다.

세 번째, 시어머니 앞에서는 **남편을 왕 대접**을 해주는 것이다. 평소에는 워킹맘이라 가정일도 모두 나누어서 하겠지만 시댁에 가면 평소에 전혀 안 시키는 듯이 자연스럽게 혼자 하는 모습과 남편을 왕 대접하는 모습을 보여주면 시어머니가 좋아하신다. 365일 중에 명절 단 이틀만이라도 왕 대접을 해주면 좋다.

네 번째, 시댁에선 **부지런하기**이다. 워킹맘은 직장일이 바빠서 집안일은 시어머니 눈에 성이 안찰수도 있다. 요리나 청소 집안일을 잘하지는 못하더라도 시댁에서는 바삐 움직이고 부지런한 모습을 보이면 사랑받는 며느리가 될 수 있다.

〈시어머니를 내편으로: 실천편 일기〉

2015. 7. 13. 월요일 (초복) 날씨: 덥기 시작함.

오늘은 초복이라서 아침부터 어머니께 전화드렸더니 벌써 마을회관에 모두 모여서 삼계탕을 끓이고 계신다고 하셨다. 며칠 전 부산댁(옆집할머니를 부르는 호칭) 할머니랑 싸우셔서 마을회관에 다시는 안 가신다고 하셨는데 역시 이러실 줄 알았다. 시골은 이래서 좋다. 옆집 숟가락 숫자도 알기에 싸웠지만 며칠이 넘어 가지 않는다.

"그래 울 며느리 아침부터 초복이라고 전화도 주고~ 뜨끈한 삼계탕 다음번에 내가 가서 해 주꾸마~ (따뜻한 삼계탕을 직접 끓여 줄께' 라는 뜻의 사투리)" 일부러 큰 소리로 말씀하시는 것으로 보아 마을 회관에 모두 모였을 때 자랑하려고 더 큰소리를 내는 듯하였다. 귀여우신 울 어머니~ 탁이도 키워주셨는데... 이런 순박하신 울 어머니가 있을까? 참 좋다. 전화를 자주 해서 그런지 요즘은 오히려 친정엄마 보다 더 편할 때가 있다. 이젠 완전히 나의 편이 되어 주시는 어머니.. 시골가면 동네에선 모두 병원 원장인줄 알고 (크크) 난 임상병리사이고 아직 박사도 안 되었는데... 어머니는 박사라고 자랑을 벌써 하셨나 보다. 아직 박사과정 중 이고 논문도 통과 못했는데.. 모든 것이 어머니의 마음이겠지. 이제는 어머니가 나보고 먼저 공부하러 가고 오지마라고 하신다. 시집가서 처음에는 참 어색했는데.. 내가 자라온 환경과 너무 틀려서 제사도 그렇고 어머니를 어떻게 맞추어야 할 지 얼마나 고생했던가? 가끔 이건 이렇게 라고 말씀하셨을 때는 정말 속상하기도 했었는데 어느새 나의 편 아니 우리 편이 되었지! 어머니가 계셔서 모든 걸 커버 해주시니 얼마나 좋아.

어머니~ 오래 오래 사세요 우리 지금처럼만 이렇게 살아요~ 사랑해요 어머니!

[04]

'꿈' 아이 지지

우는 아이 떼어 놓고 다녀야 하나; 100일
부터 유치원까지 워킹맘

워킹맘이라면 누구나 다 경험 했을 것이다. 출근길에 떨어지지 않
으려 다리를 붙들고 '엄마' 하고 울어버리면 엄마 안가는데 엄마 어디
있을까? 하고 숨박꼭질을 하면서 나오다가 조금 뒤 떨어지는 눈물을
훔치는 일은 누구나 다 경험하였을 것이다. 나또한 그러한 경험을 많
이 하였고, 행여 아기가 밤사이 열이 많이 나서 엄마를 찾노라면 다음
날 아침은 눈물바다이다. 그러면서 '내가 무엇 때문에 다녀야 하는지
우는 아이 이렇게 떼어 놓고 무슨 부귀영화를 누리겠다고 이렇게 돈을

벌어야 하는가?' 라고 생각 하면서 출근 한 적은 많을 것이다. 그런 워킹맘에게 나는 6세 이전에는 꿈 보다는 아이와 함께 하는 것이 중요하다고 말하고 싶다. 꿈을 이루려고 도전한다면 작은 것을 얻으려다 더 큰 것을 잃어버리게 된다. 아이의 나이가 6세가 된 이후 꿈을 이루고 도전 하려면 6세 이전의 애착관계 형성을 잘하여야 한다. 나 또한 후회가 밀려 왔으므로 선배로써 후배들에게 이야기 하고 싶다.

퇴근 후 적어도 3시간은 집중육아를 한 후 짜투리 시간을 이용해 자기계발을 해야 한다. 그때는 시간의 배분을 가정에 조금 더 두어야겠다.

그리고 나의 육아서의 길잡이가 되었던 롯데인재개발원〈기다립니다 기대합니다〉의 내용을 바탕으로 나의 경험과 함께 소개하고자 한다.

퇴근 후 3시간 집중 육아법

〈퇴근 후 30분〉

퇴근 하자마자 집안은 엉망이고 해야 할 일은 태산 같아 얼굴이 저절로 찌푸려진다. 하지만 아이들에게는 웃는 얼굴로 눈을 마주쳐야 한다. 또한 만나자마자 꼭 껴안아 주거나 하이파이브 등의 환영인사를 만들어 보자. 만나자 마자 "유치원에서 뭘 배웠어?"라는 말은 아이들이 말을 더 못하게 되는 경우가 있다. "오늘 유치원에서 뭘 먹었어?"하고 가볍게 시작해서 아이가 유치원에서의 일들을 기억해서 이야기 하는 것을 들어주자. 이야기가 길어지거나 시간이 많이 흐르면 '우리 이따가 자기 전에 침대에서 이야기 할까?' 라고 유도한다.

〈퇴근 후 식사 시간 60분〉

퇴근 하고 몸도 많이 지쳐 밥하기는 정말 귀찮은 일이다. 그러다 보니 보통 배달음식을 이용하거나 외식하는 일이 잦다. 하지만 밥상머리 교육이라는 말도 있듯이 아이와 한 끼 식사를 함께하는 것은 중요한 일이다. 조금 귀찮더라도 밑반찬 등의 준비를 주말에 조금 해놓는다면 일이 쉽게 진행된다. 집안일은 조금만 미뤄두면 더 힘들어지기 때문에 바로 처리하는 것이 시간을 아낄 수 있다.

 Tip

마른반찬은 구입하더라도 국 혹은 반찬 한 가지 정도는 바로 만들어 먹자.
이때 다시국물 등을 미리 만들어 우유팩에 넣어 놓고 꺼내어 바로 된장찌개를 만들 수 있다. 백종원의 만능장도 미리 만들어 놓고 바로 넣어 조림 등을 해보자.

(우리집 냉장고 안 만능장 & 육수)

〈퇴근 후 놀아주기 30분〉

피곤하지만 아이들과 놀아주어야 한다. 하지만 아이와 어떻게 놀아 줘야 할 지 모르겠다고 말하는 사람들이 많다. 아이와 이불을 덮고 장난을 치는 것도 노는 것이지만, 아이와 오랜 시간 떨어져 있기 때문에 뭔가 의미 있는 활동을 해야지 놀아준다는 강박 관념을 가지고 있다. 그러나 조금이라도 시간을 쪼개어 보려면 아이가 반드시 해야 할 일을 놀이로 만드는 것이다. 예를 들어 집안일을 놀이로 바꿔보아도 된다. 아이와 함께 음악을 틀어놓고 춤을 추면서 빨래를 넌다면 집안일도 할 수 있고 아이에겐 훌륭한 놀이가 될 것이다.

〈잠자는 시간 40분〉

워킹맘에게 있어 자유의 시간은 아이가 잠들었을 때이다. 아이를 빨리 잠들게 하는 것도 중요하다. 그리고 잠들기 전 아이의 습관 형성도 후에 많은 영향을 끼친다. 아이들이 잠들려면 잠들기 전 40분 정도 잠드는 환경을 조성해야 한다. 그 습관에는 규칙과 반복이 중요하다. 아이가 잠들기 전 매일 책을 읽어 주거나, 조용한 음악을 틀어주어 잠들기 전 습관을 만들어 보자.

첫째, 약속하는 습관을 들여라.

아이와 엄마 사이에 신뢰를 쌓는 것이 매우 중요하다. 엄마가 떨어지면 울고불고 하는 아이에게 거짓말을 하거나 몰래 도망가는 것은 불안감을 가중시킨다고 한다. 처음에는 좀 힘들더라도 엄마가 무엇을 하러 가고 몇 시에 돌아올 것인지 설명 한 후 반드시 지킨다.

둘째, 주말은 철저히 아이와 보낸다.

함께 시간을 보낼 수 있는 주말에는 최대한 아이와 함께하고 집중한다. 적극적으로 애정표현을 하고 신체접촉이 많은 놀이를 하면 애착관계를 만드는데 좋다.

셋째, 하루 생활에 대하여 이야기를 나눈다.

어린이집에서 무얼 먹었는지 무얼 배웠는지 부드럽게 이야기를 한다. 퇴근 후 이야기 하는 습관을 가지면 아이와 좋은 유대관계를 가질 수 있다. 또한 아이의 성향과 교우관계를 알 수 있어 육아에 많은 도움이 된다.

넷째, 선생님이나 어린이집에 대해 나쁜 말 하지 않기

아이의 선생님이나 어린이집에 대해 나쁜 말을 하면 아이는 부정적인 태도를 가지게 된다. 아이에게 직접 그런 말을 하지 않겠지만 엄마가 친구와 통화를 하거나 남편과의 대화를 통해 노출되는 일이 있다. 통화 혹은 남편과의 대화를 조심히 하여 아이에게 노출 시키는 일이 없도록 해야 한다.

다섯째, 준비물 꼼꼼히 챙기기

어린이집 전달사항이나 준비물은 꼼꼼히 살펴보고 사전에 챙겨준다. 어린집에서의 원활한 활동에 꼭 필요하다. 알림장, 일정계획표, 식단표도 반드시 챙겨보도록 한다. 유사시에 아이를 돌볼 수 있는 시스템은 한 가지 이상 생각해 두어야 한다.

여섯째, 아침 헤어짐의 수칙을 이야기 한다.

출근하면 아침마다 전쟁이 따로 없다. 깨워서 옷 입히고 씻기고 나면 이미 힘이 다 빠지기 쉽다. 더군다나 아이가 어린이집 문 앞에 가지 않겠다고 울기라도 하면 마음도 아프고 발걸음을 더 무거워 진다. 그런 아이에게 먼저 아침 헤어짐 수칙을 미리 이야기 한다. 아침 먹고 나면 엄마는 회사에 간다고 아이에게 마음의 준비를 시켜준다. 그리고 저녁에 퇴근하고 엄마는 몇 시에 들어 올 것이라고 이야기 하고 약속은 꼭 지킨다. 엄마와 영원히 이별하는 것이 아니라는 것을 인식 시켜 아이의 마음에 평안함을 주어야 한다.

〈100일부터 유치원까지 워킹맘: 실천편 일기〉

2008. 12. 20. 금요일 날씨: 추워서 빈이가 감기 걸림

어린이집에 감기가 유행처럼 번지고 있다. 겨울이지만 유치원처럼 어린이집은 방학도 없다. 나처럼 어쩔 수 없이 맡기는 부모들 그들의 마음도 나와 똑같겠지 일기를 쓰고 있는 지금 선빈이를 안고 상을 펴면서 쓰고 있다. 열이 조금 떨어진 듯 하지만 자면서도 자꾸 칭얼댄다.

이렇게 사는 게 맞는지 모르겠다. 산다는 게 이게 맞는지..

아침에는 떨어지지 않으려고 우는 선빈이를 억지로 떼어 내고 출근했더니 지금은 더 붙어있다.

볼그스름 한 볼에 꼭 감고 있는 선빈이는 천사이다. 자는 아이는 모두 천사라고 했지만, 천사중에 천사이다. 이런 이쁜 나의 딸을 두고 내일 아침이면 직장으로 향해야 한다.

아침에 어린이집에 손잡고 걸어가는 엄마들이 부럽다. 난 어린이집 차를 태워 보내야 하는데..

아이들과 하루 종일 같이 있어 줄 수 있고, 엄마들끼리 모여 수다도 떨수 있고, 살아가는 이야기도 하는데 난 이게 뭘까? 아이가 저렇게 힘들어하는데 경제적인 이유 때문에 이렇게 병원을 계속 다녀야 하나? 경제적인

것 보다 사랑이 더 중요한 것 아닌가? 내가 제대로 살고 있는지 모르겠다.

아이 성적은 엄마 성적인가; 초등학생 키우는 워킹맘

워킹맘의 꿈꾸고 도전할 수 있는 가장 적절한 시기는 아이가 초등학교 다닐 때이다. 〈버텨라, 언니들〉에서 전주혜 작가의 말처럼 초등학교 성적은 엄마성적이라고 하여 신경 쓸 것 또한 많지만 이 시기의 아이들은 엄마의 이야기를 잘 듣고 엄마 또한 아이의 본보기가 될 수 있다. 엄마의 나이 또한 너무 많거나 너무 적은 나이도 아니므로 가장 적절한 시기라 볼 수 있다. 하지만 엄마들과 네트워킹도 시작되고 워킹맘들의 고민이 더 많아 지는 시기이기도 하다. 엄마가 직장에 다니다 보니 엄마들과의 네트워킹 부족으로 우리 아이만 친구가 별로 없고, 생일잔치에도 초대받지 못하는 것 같아 속상하다. 행여 우리 아이만 운동팀이나 공부팀에 끼지 못할 까봐 걱정도 된다. 엄마들 모임에 가보면 서먹서먹 하고 나만 겉도는 것 같다. 나 역시 그러하였다. 그러나 그건 잠시 뿐이다. 생각해보면 우리 초등학교 때 친구 중 초등학교 시절 잘 하던 친구가 지금 사회에 나와서 어떻게 성공했는지 보면 알 수 있다. 다만, 예전이나 지금이나 챙겨야 할 것은 챙긴다면 초등학생을 둔 워킹맘은 오히려 더 꿈을 이룰 수 있다.

또한 워킹맘의 장점도 있다. 아이들은 아주 어릴 때를 제외하고는 초등학교 고학년이 되고 부터는 일하는 엄마에 대해 자랑스러워하며 아이와 더 편한 관계를 유지할 수 있다. 아이는 점점 커갈수록 자신만의 공간을 필요로 하게 된다. 학교에서 있었던 일을 하나에서 열까지 다 이야기 하던 아이가 초등학교 고학년이 되면 물어보는 말에도 잘 대답하지 않고 자신만의 비밀이 생기기도 한다. 이 시기에 엄마와 아이의 관계 역시 변화가 필요하다. 만약 이 시기에도 아주 어렸을 때처럼 엄마와 아이와의 밀착관계를 엄마가 고집할 경우 엄마와 아이의 관계는 불편해 질수 있다. 하지만 워킹맘의 경우는 아이 옆에 계속 붙어 있을 수 없는 환경이 오히려 자연스럽게 아이에게 자신만의 공간을 주거나 일정한 거리를 유지하게 만든다. 그러다 보니 아이와 덜 부딪히고 편한 관계를 유지 할 수 있다.

직장에서도 육아과정을 통하여 삶을 더 이해하게 된다. 이해의 폭 또한 넓어지지 않는가? 그럼으로써 직장생활도 더 원만히 할 수 있다. 나또한 아이를 낳고 육아를 하면서 직장생활의 모든 관계들이 오히려 더 원만해졌다. 배려와 이해의 폭이 넓어지므로 나 자신 조차 여유로워진 듯하다. 주변의 여러 엄마들 중에는 육아경험을 통해 창업을 하는 경우도 보았다. 노래를 잘 하는 아이 때문에 드레스 대여를 많이 했던 민희 엄마는 직접 드레스 숍을 오픈하고 같은 학교 엄마들의 입소

문으로 자연스럽게 가게 홍보도 하였다. 결국, 엄마도 워킹맘의 강점을 살리면서 아이와 함께 성장하면서 꿈을 키울 수 있는 것이다.

아이와 함께 성장하면서 꿈을 키운다.

아이는 부모를 보면서 자란다. 아이를 책과 가깝게 하는 가장 좋은 방법은 어렸을 때부터 책 읽는 부모의 모습을 보여주는 것이다. 엄마의 자기계발은 아이에게도 좋은 영향을 미친다. 엄마가 자기계발을 하면서 성장하는 모습은 아이에게 큰 가르침을 준다.

아이가 초등학교에 올라가면 아이도 학교에 다녀와서 학원 숙제 등으로 바쁘다. 그럼 그것을 이용하면 된다. 아이의 영어숙제는 엄마의 영어실력 향상에 도움을 주고, 아이의 사회 공부는 엄마의 역사적 지식을 쌓는데 많은 도움이 된다. 또한 아이들 숙제를 봐주면서 옆에서 책을 읽는 것도 짜투리 교육법이다. 아이들에게 숙제 하고 공부 하라고 말을 하면서 엄마는 TV를 켜고 드라마를 보고 있다면 아이들이 공부를 하면서 그것이 머릿속에 들어올까? 엄마가 책을 들면 아이들도 책을 든다. 아이는 엄마의 거울이다. 이렇듯 초등학교 워킹맘은 아이와 함께 성장하고 꿈을 키워갈 수 있는 절호의 기회이다.

〈섬기는 부모가 자녀를 큰사람으로 키운다〉 전혜성 박사는 5명의 자녀를 훌륭하게 키웠다. 그녀는 공부하는 사람이었기에 언제나 아이들은 어머니가 책을 읽고 공부하는 모습을 보았다. 그리고 아이들은 엄마의 모습을 따라 하였다. 그녀는 유학시절 남편 뒷바라지도 하고 아이들도 돌보면서 자신의 공부까지 해야 했으니 시간이 없었다. 당연히 아이들과 함께 할 시간이 없었으므로 그녀가 선택한 방법은 아이들과 함께 하면서 공부하는 방법이었다. 그녀는 아이들과 함께 공부하기 위해 많은 책상을 사고 책을 샀다. 아이들과 같은 책상에 앉아서 즐겁게 공부하는 모습을 보이고 있었으니 아이들은 당연히 부모 옆에 앉아서 책을 펼수 밖에 없었다. 보여주기 위한 것이 아니라 진심으로 행복한 함께하는 공부였기 때문이다.

한 청년이 음주운전을 빨간 불을 무시하고 지나다가 전봇대를 들이받고 즉사했다. 이 청년의 아버지는 너무 슬프고 화가 나서 아들이 사고가 난 밤 아들이 술을 마신 주점을 알아내어 고소하려고 했다. 옷을 챙겨 입으려고 장롱 문을 열었을 때 아들이 남긴 메모를 발견했다. "아버지, 우리 팀의 승리를 축하하기 위해 아버지가 놓아둔 술 중에 몇 병을 가져갑니다. 화내지 마세요. 그럼!"

행동으로 보여주는 모습은 천 마디의 말보다 중요하다.

선배가 초등 워킹맘 후배에게 일러주고 싶은 이야기

첫아이가 초등학교에 들어갔을 때 어떻게 해야할지 몰라 많이도 당황했다. 비슷한 또래의 엄마들 그리고 언니에게 물어도 체계적인 방법을 듣지 못하였다. 그러나 임명남〈초등아이를 위한 워킹맘의 야무진 교육법〉을 보고 많은 도움을 받았다. 아직도 초등학교 다닐 때 어떻게 해야 할지 몰라 당황스러워하는 후배에게 소개하고자 한다.

첫 번째, 아이의 친구 관계를 위하여

1) 학년이 바뀌면 생일파티를 열어준다.

아이가 어리면 어릴수록 엄마 친구가 곧 아이 친구가 되는 경우가 많다. 유아 때부터 초등학교 저학년, 심한 경우 중학교 까지 계속 이어지는 경우가 많다. 엄마가 옆집 아줌마와 친하면 아이 또한 자연스럽게 옆집 아이와 함께 지내는 시간이 많아지게 되므로, 옆집 아이와 친한 친구가 되는 것이다. 아직 어린 아이들의 경우 친구 사귀는 법을 잘 모르기 때문이기도 하고, 옛날과 달리 학원에 다니느라 친구들과 친해질 기회나 시간이 상대적으로 적기 때문이다. 새 학년 새 학기가 되면 일부러라도 자리를 마련해 주어 아이가 친구를 쉽게 사귈 수 있도록 도와주는 것이 좋다.

2) 준비물은 넉넉하게 챙겨준다.

예전에 워킹맘들은 알림장에 적어오는 준비물을 잊지 않고 챙기는 것이 커다란 부담이었다. 하지만 요즘에는 웬만한 준비물은 학교에서 다 준비해두었다가 그때그때 나눠주기 때문에 크게 신경을 쓰지 않아도 된다. 그래도 학기 초에는 엄마가 신경 써서 챙겨 주어야 할 것들이 많다. 간혹 반에서 준비물을 챙겨오지 않는 친구들이 있다. 이때 준비물을 넉넉하게 챙겨주어 내 아이가 챙겨오지 못한 친구들에게 준다면 당연히 챙겨오지 못한 친구도 고마워 할 것이고, 내 아이의 이미지는 착한아이, 배려심 많은 아이라는 인상을 심어주게 된다. 따라서 교우관계에도 도움이 된다.

3) 친구가 몇 명인지에 대하여 연연해하지 않는다.

간혹, 엄마들이 아이들에게 친구를 많이 사귀어라 누구누구랑 가려서 사귀라고 말하는 경우를 보았다. 아이의 성향에 맞게 놔두는 것이 좋다. 아이가 자기스타일대로 친구를 사귀도록 신경쓰지 않고 내버려두는 것이 오히려 도움이 되는 경우가 더 많다. 아이가 친구를 사귄 다음에는 사이좋게 지낼 수 있도록 하는 정도로만 신경 써 주면 된다.

두 번째, 선생님과 엄마들과의 관계를 위하여

1) 학부모 총회는 반드시 참석한다.

매년 학기 초가 되면 각 학교마다 학부모 총회가 열린다. 이런 공식적인 행사가 끝나면 각 반교실에서 담임선생님과의 시간을 갖게 되고 선생님은 학급 운영방침을 이야기 해주신다. 이것을 이용하여 집에서 아이를 지도할 때 선생님과 한 목소리를 낼 수 있도록 한다. 엄마의 교육방침과 선생님과 교육방침이 다르면 아이가 혼란스러울 수 있으므로, 가정에서 지도를 할 때에도 선생님의 방침을 따르도록 한다. 또한 학부모 총회 마치고 엄마들의 반 모임이 가지게 되므로 워킹맘이라도 그날만은 시간을 내도록 해보자.

2) 도우미를 자청한다.

녹색어머니회, 학교급식 모니터링, 도서관 도우미등 도우미를 자청하라. 워킹맘이 바쁠 때는 되질 않지만 연가를 낼 수 있는 상황이라면 조금씩 시간을 할애하는 것도 아이의 교육에 많은 도움이 된다. 도우미로 참석 했을 때 아이의 자존감 상승, 그리고 마치고 자연스럽게 선생님과 상담을 할 수 있는 기회와 여러 엄마들과 친분을 쌓을 수 있어 정보를 얻는 데 좋은 기회가 된다.

3) 엄마들 반 모임에 참석한다.

엄마들 반 모임은 주로 낮 시간에 이루어졌지만, 최근 워킹맘의 증가로 저녁에 모이는 경우도 종종 있다. 친목도모를 통하여 집에서는 얌전하고 소극적이지만 친구들과 있을 때는 활발한 경우 등 아이의 또 다른 면을 볼 수 있다. 다른 사람의 눈을 통한 우리 아이를 볼 필요가 있으므로 참석하여 아이가 혹시 상담을 해야 할 정도라면 정확하게 파악한 후 나아갈 방향을 담임 선생님과 의논해 보는 것도 좋다.

4) 아이들의 입을 통해 칭찬한다.

"우리 아이가 그러던데, 현탁이가 그렇게 친절하고 상냥하다면서요? 어쩜 그렇게 아이를 잘 키우셨어요? 너무 부러워요" 칭찬은 그 자체만으로 좋지만 때로는 직접 칭찬하지 않고 이렇게 제 3자의 입을 빌려 칭찬을 하는 것이 더 좋을 수 있다. 가끔씩 아이들이나 다른 사람의 입을 빌려 칭찬을 해보자.

5) 마음을 가득 담은 편지로 고마움을 표시한다.

이제는 김영란법 때문에 그 어떠한 것도 부담이 될 수 있다. 하지만 간혹 참으로 감사할 때가 있다. 이럴 때는 마음을 가득 담은 편지 한통으로 고마움을 표시하여 본다. 정성들여 직접 예쁜 편지지에 쓴다면 선생님께서도 그 마음을 충분이 아시리라 생각된다.

6) 품앗이 모임을 가진다.

입학사정관제 때문에 체험활동들이 중요해졌다. 비교과 체험활동들을 같은 반 엄마들과 품앗이 모임을 만들거나 혹은 가까이 사는 엄마들과 그룹을 만들어 함께 움직이는 것이 좋다. 품앗이 모임을 만들면 아이들끼리도 친해질 수 있을 뿐 아니라 처음에는 엄마와 아이들만 친해졌다가 나중에는 가족 모두가 자연스럽게 친해지는 장점이 있다.

세번째, 아이의 학교생활 챙기기

1) 준비물을 못 챙기는 것을 대비하여 근처 문구점 사장님과 친분을 쌓아 놓는다.

워킹맘이거나 아이를 둘 놓은 엄마는 간혹 깜빡하고 잊어버릴 때가 있다. 직장생활 중 연말이 끼이거나 마감시간이 촉박하다 보면 이러한 경우가 생긴다. 이럴 땐 주변을 이용하여야 한다. 아는 엄마에게 부탁하는 것도 좋지만, 학교 앞 문구점 사장님이 오히려 엄마들 보다 학교의 준비물 사정을 더 잘 알고 더 빨리 준비를 해 놓으므로 친분을 쌓아 놓아 급할 때 바로 이용할 수 있도록 한다.

2) 안심문자 서비스로 등·하교를 챙긴다.

아이의 휴대폰은 켜지 않는 것이 당연하다. 따라서 귀가 안심문자 서비스를 이용하여 등하교를 챙겨본다.

3) 인사성이 밝은 아이로 키운다.

인사는 힘들이지 않고 상대방을 기분 좋게 할 수 있을 뿐 아니라 그 사람의 하루를 즐겁게 만드는 묘한 매력이 있다. 아이가 인사만 잘해도 선생님들은 그 아이를 예뻐한다. 인사를 잘 할 수 있도록 엄마아빠가 본보기를 보여주도록 한다. 아파트 혹은 동네어른 들께도 인사를 잘하는 아이로 인정을 받으면 방과 후 엄마가 걱정을 하지 않아도 된다. 어른들의 눈에 이미 좋은 인상이 들어 있으므로 인사 잘하는 아이를 동네 어른들이 봐주시게 된다. 아이가 조금 이상한 아이들과 다니면 어른들께서 먼저 이야기 해주신다. 인사 잘하는 것은 사회생활에 많은 도움을 준다.

5) 아무리 바빠도 공개수업에 참관하여 격려한다.

공개수업이 열리기 일주일 전쯤 가정통신문이 발송된다. 가능하면 일정을 조정하여 공개수업에 참여하여 아이의 기를 살려 주는 것이 좋다. 다른 친구들 엄마들은 교실 뒤편에 서서 어떻게 수업하는지 지켜보고 있는데, 우리 엄마만 안 오셨다는 생각 때문에 아이가 의기소침해질 수도 있기 때문이다. 공개수업에 참관하면 우리 아이가 학교생활을 어떻게 하고 있는지 직접 확인해 볼 수 있다. 우리아이의 수업태도나 집중도 발표자세 등을 파악 할 수 있는 좋은 기회다.

6) 특별행사는 미리미리 준비시킨다.

학교 행사는 학교가 주체가 되어 운영을 하지만, 아이들이 어떤 자세로 참여하느냐에 따라 많은 것이 달라진다. 이런 행사들이 어떤 식으로 열리는지 기억해 두었다가 미리 준비를 시켜 아이가 학교생활을 재미있고 좀 더 적극적으로 할 수 있도록 도와주는 것이 좋다. 학교 행사에는 방과후 활동으로 다져진 취미나 특기를 선보인다. 처음에는 단순한 취미 정도였지만 나중에는 진로로 이어질 수도 있으므로 적극적인 자세로 임할 수 있도록 지도 한다.

네번째, 방과 후 아이생활 챙기기

1) 도서관 사서 선생님과 친분을 쌓게 한다.

방과 후 학원가기 전 잠깐이라도 도서관에 들러 자투리 시간을 유용하게 보내게 할 수 있다. 학교 도서관은 사서 선생님을 비롯하여 도우미로 활동하는 학부모 한 두명이 정해진 시간까지 반드시 있기 때문에 아이의 안전에 신경 쓰지 않아도 된다. 오래 있어도 전혀 눈치 볼 필요 없는 안심하고 시간을 보낼 수 있는 최적의 장소이다. 사서 선생님과의 친분을 쌓으면 학원 갈 시간이 되면 알려 달라고 사전에 부탁을 하면 학원에 늦는 일도 미리 막을 수 있다. 또한 아이의 책 읽는 습관 뿐 아니라 따로 돈을 들여 구비하기에는 부담되는 전집류나 학습만

화를 아이에게 마음껏 읽힐 수 있어서 좋다. 아이가 보는 책을 통해 아이의 주관심사가 무엇인지도 알 수 있다. 그리고 방학 때는 2~3일에 걸쳐 책 만들기나 독서신문 만들기 이외에도 다양한 독후활동 프로그램을 운영하는 경우가 많다. 이렇듯 도서관을 자주 이용하면 정보를 빨리 접할 뿐 아니라 많은 도움이 되므로 적극적으로 추천하고 싶다.

2) 아이의 알람과 스케줄러를 활용한다.

워킹맘 아이들은 엄마가 옆에서 볼 수 없기 때문에 아이들 스스로 학원시간 등을 챙겨야 한다. 아이들에게 스케줄표를 직접 짜 보게 하거나 아이의 휴대폰 알람시간 기능을 활용하는 것이 좋다. 10분전 알람이 울리면 하고 있던 활동들을 마무리하고 다음 활동을 준비할 수 있다. 매일 또는 매주 반복되지만 신경 쓰지 않으면 헷갈릴 수 있으니 알람 기능과 스케줄러 앱기능을 활용하면 유용하다.

3) 이웃들과 허물없이 잘 지내도록 한다.

살다보면 생각지도 않은 일들이 벌어져 깜짝깜짝 놀라곤 한다. 특히 아이를 키울 때는 이런 일이 자주 일어난다. 생각지도 않은 때에 위급한 상황이 일어날 때마다 내 일처럼 신경 써주는 사람이 있다면 많은 힘이 될 것이다. 특히 그런 사람이 내 주변에 있으면 큰 축복이다. 하지만 이러한 축복은 내가 만들 수밖에 없다. 좋은 이웃을 두기 위해서는 나 또한 좋은 이웃이 되어야 하고 내가 발 벗고 나서야 남들도 그렇게 해 줄 수 있다. 그것도 돌려받을 것을 생각하지 않고 진심으로 대해야 한다. 평소 이웃과 사이좋게 지내는 것은 물론 약간 손해를 본다 싶을 정도로 베풀면서 지내도록 노력하는 것이 좋다. 급한 일이 생겼을 때 이웃으로 부터 생각지도 않은 도움을 받을 수도 있고, 아이들 또한 어른들의 모습을 보면서 사회성 좋은 아이로 자랄 것 이다.

4) 학원선생님들께 정성을 다한다.

학원선생님은 아이 진로에 있어서 막대한 영향을 준다. 피아노에 관심이 더 많은 아이라면 피아노 선생님께 아이의 추후 진로 방향에 대한 노하우를 듣고 충분한 지도를 받을 수도 있다. 또한 학교 선생님께 칭찬을 많이 받지 못한다면 학원 선생님께라도 부탁드리자. 정성을 다해드리면 학원 선생님께서 아이에게 주시는 정성은 두 배로 달라진다.

다섯 번째, 아이와의 관계를 위하여

아이와 함께 활동하라(태권도를 함께 배운다든지). 아이와 함께 취미생활을 하면 아이의 특기는 물론 엄마의 성장에도 도움이 된다. 또한 공감대 형성과 아이와 함께 할 수 있는 시간이 많아져서 워킹맘의 빈자리를 해소하는 데도 많은 도움이 된다.

당신의 소유물이 아니다

당신의 아이는 당신의 아이가 아니다.

그들은 그 자체를 갈망하는 생명의 아들 딸이다.

그들은 당신을 통해서 온 것이지

당신으로 부터 온 것이 아니다.

그리고 그들은 당신과 함께 있지만

당신의 소유물이 아니다.

당신은 그들에게 사랑은 주어도 좋지만

딩신의 생각을 주어서는 안 된다.

당신은 그들의 육체를 집에 두어도 좋지만

정신을 가두어서는 안 된다.

그들의 정신은 당신이 방문할 수 없는

내일의 집에 살지

당신의 속에 사는 것이 아니기 때문이다.

당신은 그들을 좋아하기 위해서 애써도 좋지만

그들이 당신을 좋아하도록 요구해서도 안된다.

- 칼릴 지브란-

〈초등학생 키우는 워킹맘: 실천편 일기〉

2015. 11. 10. 화 날씨: 맑음

빈이와 거실 책상에서 함께 공부를 했다. 나는 레포트를 쓰고 빈이는 학원 수학 숙제를 했다. 나에게 자꾸 물어보는데 우울하게도 한 문제도 제대로 풀지 못했다. 초등학교 수학이 언제 이렇게 어려워졌는지 모르겠다. 내 어릴 적에는 이렇게 어렵지 않았던 것 같은데 문제의 수준이 틀린 듯하다. 빈이가 '엄마는 왜 수학을 못해?' 라고 물었다. 배운지 오래 되어서 잊어버렸다고 변명은 했지만 사실 실업계 출신인 것도 맞지만 수학을 못하는 것도 맞다. 하지만 빈이가 그래도 엄마는 수학은 못하지만 영어는 잘 하는 것 같다고 칭찬 해 주었다. 새삼스레 웃음이 나온다. 함께 이렇게 공부를 한 다는 것은 참 좋은 것 같다. 엄마는 아이의 거울이라고 하는데 그래도 내가 공부하는 모습을 보여주니깐 빈이가 숙제를 하면서도 왜 해야 하냐고 투덜대지 않는 것 같다. 큰애가 좀 더 어릴 때 공부하는 모습을 보여주고 본보기가 되었더라면 탁이도 공부를 잘 했을 텐데 괜스레 웃음이 나온다.

〈아이와 함께 성장한다: 실천편〉

아들이 태권도 다니기 힘들어 해서 몇 년 동안 함께 체육관을 다니며 응원하였다. 그 결과 아들과 함께 태권도 2단을 취득하였다.

국기원 발급하는
태권도 공인 2단
자격증과 승단 시험 장면
사진(아래)

북한도 무서워 하는 사춘기 아이 엄마는 얼마나 무서운가; 사춘기 키우는 워킹맘

전업주부들 조차도 북한도 무서워하는 중2 아이들이다. 아이를 키우는 것 조차 힘들어 하는데 하물며 일까지 하는 우리는 아이를 돌보는데 전념해야 하는 건 아닌가라는 생각을 할 수 있다. 또한 직장생활도 힘들고 어디로 튈지 모르는 아이 때문에 노심초사하고 있는 상황에서 엄마의 자기계발은 꿈조차 꾸지 못할 것이다. 그런 북한도 무서워 하는 사춘기 아이가 엄마는 얼마나 더 무서울까?

'오히라 미쓰요'는 일본 비행청소년 어머니이다. 그녀의 저서 〈그러니까 당신도〉에서 자녀 교육 10대 비결을 제시하였다.

첫째, 자녀의 입장에서 생각하라.
둘째, 착한 사람이 되라고 강요하지 마라.
셋째, 가정은 자녀의 영원한 안식처임을 기억시켜라.
넷째, 자녀의 말을 믿어주어라.
다섯째, 당신이 항상 자녀의 편임을 인식시켜라.
여섯째, 끊임없이 희망을 제시하라.
일곱번째, 자녀 앞에서 초조한 모습을 보이지 마라.

여덟번째, 잘못된 것은 근본부터 고쳐 주어라.

아홉번째, 혼자 고민하지 말고 대화를 나누어라.

열번째, 무언의 구조신호를 보낼 때 그것을 놓치지 마라.

나는 중학생 아이를 키우면서 어디로 튈지 모르는 것은 호르몬 때문일 수 도 있지만 우리나라의 교육정책이 아이들을 저렇게 만든 것은 아닐까? 라는 의문을 가져본다. 어린 시절 잘 뛰어 놀던 우리는 '질풍노도의 시기' 라는 이야기를 들었지만 지금처럼 그런 격한 단어를 어른들이 붙이지 않았다. 교육정책에 아이들이 얽매이고 어디에도 풀수 없는 강한 감정들이 오히려 아이들을 더 억압하는 것은 아닌가? 하는 생각을 하여 본다.

어느 날 한 농부가 어떤 낭떠러지 꼭대기에서 새집에 들어 있는 아직 깃털도 제대로 나지 않은 독수리 새끼 한 마리를 발견했다. 그는 독수리 새끼를 집으로 데려와 온갖 정성을 다해 돌봐 주었다. 얼마나 시간이 흘렀을까 독수리가 자라자 농부는 독수리를 닭장에 놓아주었다. 새끼 독수리는 암탉들과 함께 지내면서 닭들의 습성을 닮아가에 되었다. 어느날 농장에 한 과학자가 방문했는데 독수리의 습성을 아주 잘 알고 있었던 그는 농부에게 이렇게 말했다.

"수천년 동안 독수리들은 그들의 장엄함 때문에 모든 사람들의 경외의 대상이었지요. 독수리의 여유롭고 폼나게 하는 모습이나 강력한 발톱의 놀라운 힘은 보는 이들로 하여금 탄성을 자아내지요. 독수리는 별로 힘을 들이지도 않고서도 높은 창공을 유유히 날며, 산과 산 사이로 불어오는 강바람도 별 영향을 미치지 못하는 것처럼 보입니다. 또 독수리는 떼를 지어 다니지 않으며 무분별하게 날아다니지도 않습니다. 자기 짝 하고만 한 쌍이 되어 평생을 함께 합니다. 또 가족을 주변의 위험으로부터 적극적으로 돌보며 새끼들에게는 특유의 나는 법을 가르칩니다!" 과학자가 또 말하기를 저 독수리가 저 상태로 오래 머무르지 않을 거라고 말했다. 이에 농부는 반문하며 말했다. "저 독수리는 자연의 독수리가 아니라, 암탉들과 먹고 자며 똑같은 행동을 합니다. 저 독수리는 절대 날지 못할 겁니다!"

과학자는 농부에게 그럼 실험을 해 보자고 제안했다. 독수리를 새장에 넣어 해가 뜰 무렵에 산중턱까지 데려갔다. 드넓은 산에서 웅장한 일출의 광경을 본 독수리는 쩨는 듯한 소리로 흥분하며 날뛰었다. 순간 과학자는 독수리를 힘껏 위로 높이 던지면서 소리쳤다.

"날아라, 날아! 하늘이 너를 기다린다. 너는 암탉이 아니라 용감한 독수리다!"

독수리는 강한 두 날개를 펼치며 큰 원을 그리다가 점 점 더 높은 곳을 날아가 버리고 다시는 닭장으로 돌아오지 않았다고 한다.

중2병 나의 아이들이 장관이 바뀔 때마다 수도 없이 바뀌는 교육정책에 엄마가 이리 저리 헤매는 사이 아이에게는 닭장 안에만 있어야 한다고 강요한다. 우리의 아이들이 닭장에만 가두어놓고 독수리인 줄 모르고 있는 건 아닌지 모르겠다. 비단물고기는 어항에서는 10센티미터 내외로 자라지만 바다에서 자라면 1미터 까지도 성장한다고 한다. 우리 아이들도 독수리와 비단 물고기가 아닐까? 라는 생각을 해보며 잘 키워야 할 것이다. 아이가 바로 자랄 때 나의 꿈도 함께 성장하는 것이다.

북한도 무서워하는 중 2지만 아이는 아이이다. 그리고 호르몬이 그야말로 왕성할 때이고 어른이 되려고 준비하는 시기이다. 아이를 알면 보인다. 길이 보이고 꿈이 보인다. 오히려 나의 꿈을 이루기 위한 적극적 후원자가 될 수 있다. 나 또한 꿈을 가지고 달릴 때 나의 아들 또한 사춘기 중학생 이었다. 물론 지금도 공부를 잘하는 것은 아니지만 나의 꿈을 응원 했고, 어느새 나를 존경하는 눈빛을 가지게 되었다. 내가 공부를 하며 불을 켜놓으면 살며시 불 켜진 나의 방문을 열고 자기 방으로 들어가서 책상 앞에 불을 켜는 모습을 보았다. 부모가 곧 아이의 거울이라 했다. 중학생이라고 사춘기 아이라고 해서 통하지 않는 것은 아니다.

사춘기를 둔 아이에게 엄마가 꿈을 이루는 모습은 '존경' 이라고 말할 수 있다. 중학생들에게 "너희들은 부모님을 사랑하니?" 라고 물으면 90%이상이 부모님을 사랑한다고 대답한다. 그런데 "부모님을 존경하니?"라고 물어보면 "사랑하지만 존경하지 않는다"고 대답하는 학생들이 대부분이다. 부모 자식과의 관계는 어쩌면 하늘이 맺어준 관계이다. 이 관계에서 부모가 자식을 위해 노력하는 모습을 보면 아이는 부모를 사랑하게 된다. 그러나 존경심은 조금 다르다. 사랑이라는 감정은 부모자식 관계 안에서 생겨난 것이라면, 존경은 부모자식 관계의 바깥에서 생겨나는 감정이라고 할 수 있다. 가족을 위해서가 아닌 다른 공동체의 발전, 사회전체의 이익을 위한 모습이 멋있고 친구들에게 자랑할 수 있는 거리가 되면 중학생 아이는 존경을 하게 되는 것이다.

따라서, 내가 꿈을 향하여 도전하는 모습과 꿈을 이루는 모습에 아이 또한 동기부여를 받게 되고 존경하게 된다. 북한도 무서워하는 사춘기 아이를 잘 알고 대처하면서 멋진 엄마의 모습을 보여준다면 북한이 중2학생, 그리고 중2를 가진 엄마도 무서워 할 것이다. 꿈을 가진 엄마는 '북한 잡는 해병대' 가 아닌 '북한 잡는 중2 엄마' 이다.

선배가 사춘기를 둔 워킹맘 후배에게 일러두고 싶은 이야기

꿈을 꾸면서 사춘기 아들과 함께 했다. 대화 뿐아니라 아들과의 모든 것이 이해가 되질 않았다. 그때 박미자〈중학생, 기적을 부르는 나이〉라는 책을 읽고 도움을 많이 받고 그렇게 하도록 노력하였다. 이 책에서 제시된 대화법을 소개하고자 한다.

중학생과 대화하는 3단계 기술

1단계: 사실 중심의 대화
– 상황에 대한 비난과 인격에 대한 비난을 구분하여야 한다.

물건을 잃어버리고 들어온 아들에게
"또 잃어버렸니? 도대체 맨날 그것도 챙기지 못하고 잃어버리고 와?"
"저 맨날 안 잃어버리거든요?"
"어휴, 저 말 하는 태도 좀 봐라. 잘못을 반성하는 법이 없어요."
"저도 반성하고 있다구요"
"반성하는 사람이 태도가 그래? 아무튼 넌 못 말려"
이정도 되면 아이는 "짜증 나"를 연발하면서 엇나가기 시작합니다.

아이와 이야기 할 때에는 아이가 일으킨 문제, 즉 사실(fact)을 중심을 말하고 아이의 성격과 인격의 문젤 확대하지 않는 것이 중요하다. 학교폭력예방교육 송형호 강사는 아이들과 대화할 때 겉으로 드러나는 태도나 말투 보다는 아이들의 속마음을 들여 다 보고 아이의 감정을 적극 인정해 주는 것이 필요하다고 강조한다.

– 객관적 사실을 강조하고 아이의 감정을 인정해야 한다.

예를 들어, 아침마다 꾸물거리고 있는 아이에게 "학교 늦는다. 오늘 또 지각하겠다"라는 말보다는 "시간 확인하거라" "지금 몇시 몇분이야"라고 사실 중심으로 간단하게 이야기 하는 것이 좋다. 또한 아이의 감정을 인정 할 수 있게 "그래, 화났구나. 우리 딸" "우리 아들 지금 속상하겠네" "숙제 안 가져가서 당황스러웠겠네" 등 사실을 중심으로 상황과 감정을 인정하는 대화를 하게 되면 아이들의 감정은 누구러진다.

– 말의 내용에 중점을 두어야 한다.

"3시간 동안 휴대폰만 하고 있으니 엄마 마음이 답답하다. 다음주부터 시험 기간이니깐 엄마는 공부를 좀 했으면 좋겠다." "너는 지금 나를 화나게 한다"가 아니라 "00한 이유 때문에, 네가 00하니, 내 마음이 힘들다"와 같은 식의 말투가 사춘기 아이들에게 큰 공감을 살 수 있다.

2단계: 공감하고 경청하는 대화

속마음을 알아주는 대화를 통해 자신의 처지를 공감 받았다는 느낌이 들면 아이는 상대 어른을 신뢰하게 된다.

"힘들어 보이네."

"00하고 싸웠어요. 에이, 짜증나."

"친하게 지내더니 왜?

"내가 잘못한 것도 없는데 내가 먼저 사과하기도 싫고, 그냥 이렇게 지내기도 싫고, 짜증 나. 시험도 힘들고 신경 쓸 일도 많은데.."

친구 문제라니, 참 끼어들기 애매하다. 일단 그냥 들어주기만 한다.

"걔가 만화책을 빌려 달라고 해서 줬는데, 선생님한테 걸려서 뺏겼어요. 선생님한테 가서 도로 받아 오라고 했더니 오히려 화를 내는 거예요. 그래서 내가 싫은 소리를 했더니 울잖아요. 어이없어서."

"그래? 내가 뭐 도와 줄 일 있니?"

그러면 아이들은 보통 "제가 해결해야지요. 어차피 제가 해결해야 할 문제예요"라고 답한다.

꼭 문제해결에 직접적으로 도움을 줘야 한다고 생각하지 않아도 된다. 내 이야기를 들어주고 내 입장을 헤아려 주는 사람이 있다는 것만으로 힘이 된다.

3단계: 스스로 결정하도록 돕는 대화

자신이 생활에서 일어나는 문제들에 대해 직접 선택하고 결정할 수 있도록 해준다.

아이들이 이야기 하는 것에 대한 이야기 이다.

"엄마는 항상 내 의견을 존중한다고 말씀하시죠. 그런데 정작 중요한 문제에 대한 결정은 다 엄마가 하세요."

"우리 엄마는 나보다 나를 더 잘 안대요. 그렇겠죠. 나를 낳았으니깐요. 그래서 내 의견은 언제나 무시하세요."

"우리 엄마는 이렇게 말씀하세요. 엄마가 충분히 알아보고 따져봤어. 최선의 방법이야. 일단 엄마가 하자는 대로 해보자. 그러면 제가 뭐 어떻게 하겠어요?"

"그런데요, 왜 엄마가 전부 결정하냐고요. 공부하는 건 난데..."

중학교에 올라오면 엄마들은 '공부방법' 과 '학원일정' 을 정하는 문제에 크게 신경을 쓴다. 이 부분에서도 양보가 필요하다. 초등학교 때까지는 엄마가 일방적으로 학원을 정하고 공부 계획을 세워 진행해도 별 문제가 없었지만, 중학생은 자신의 의견을 반영해 계획을 세우고 싶은 욕구가 커지는 시기이므로 자녀가 주도적으로 생활 계획을 세울 수 있도록 하고 엄마는 대화를 통해 보완해 주는 방식으로 전환해야 할 때이다.

아이가 욕할 때는 어떻게 해야 하나?

한 설문조사에 따르면 청소년 95%이상이 욕을 사용한다고 응답했다. 사춘기 아이들에게 욕은 상대방에 대한 불만을 표현 할 때 보다는 그저 감정을 강렬하게 표현하는 방법이다. 그러나 아이가 욕하는 습관을 따끔하게 혼을 낸다고 해서 쉽게 고쳐지지 않기 때문에 지속적인 관찰과 대화가 필요하다. 가급적 서면으로 욕을 쓰지 않겠다는 약속을 하고 욕을 사용하는 빈도를 체크한다. 그리고 욕을 줄이면 적극적으로 칭찬을 해준다. 언어생활 개선은 부모와 아이가 함께 지속적으로 노력해야 성공할 수 있다. 그러나 가장 중요한 것은 욕이 습관이 될 정도로 아이가 힘들어 하고 분노하는 이유가 무엇인지 원인을 찾는 것이다. 아이에게 생각할 시간을 주고 이야기를 들어주고, 운동이나 문화 활동 등 스트레스를 해소할 수 있는 적절한 방법을 찾아야 한다.

아이에게 절대 해서는 안되는 말

– 엄마 아빠의 인생은 실패한 인생이다.

– 너만 태어나지 않았으면..

"엄마 아빠가 이렇게 고생하는 것도 너를 위한 거야"

"먹고 사는 것이 그렇게 쉬운 것인 줄 알아? 하루하루가 전쟁이야"

"우리는 이미 늦었지만 너만 믿는다. 너만 잘된다면 엄마 아빠는 뭐든지 할 수 있어"

"너는 우리처럼 살지마라. 공부 열심히 하고 돈 많이 벌어서 우리 보다는 나은 인생을 살아야지"

부모는 이렇듯 아이에게 삶의 괴로움 등을 이야기 한다.

하지만 이것이 반복 되면 아이는 이렇게 생각한다.

"삶이 그렇게 괴로운 거라면 왜 태어났을까?"

"나만 없으면 엄마 아빠가 좀 더 편하게 살았을 텐데"

"별로 살고 싶지 않다."

부모가 가르쳐야 할 것은 삶의 괴로움이나 두려움이 아니라 삶에 대한 애정과 주변 사람들에 대한 믿음이어야 한다. 엄마가 열정적으로 자기계발 하는 모습은 삶에 대한 진정한 모습을 그리고 믿음을 가르치는 것이다.

인격이나 자존심, 의견 등을 부정하고 무시하는 말

"넌 대체 누구를 닮아서 그러니?"

"앞으로 뭐가 되려고 그러니?"

"네가 뭘 안다고 그래, 건방진 것 같으니!"

"엄마가 충분히 알아봤어, 엄마 말 들어."

"넌 원래 그런 애야. 너에게 기대를 한 내가 잘못이지."

"너한테 실망이다. 네가 그럴 줄은 몰랐다."

"쓸데없는 짓 하지 말고 그럴 시간에 공부나 해!"

"시끄러워! 말대꾸 좀 하지마."

"너도 이다음에 꼭 너 같은 애 한번 낳아보면 내 속 알거야."

"그것도 못하냐? 어떻게 된 애가 뭐 하나 제대로 하는 게 없어요!"

하면 할수록 아이가 행복해지는 말

아이들이 원하는 세 가지: 믿음, 인정, 사랑

"널 믿는다. 파이팅!!"

"너는 할 수 있을 거야. 널 믿는다."

"너를 믿는다. 쉽지는 않겠지만 노력해봐."

"너를 이해해 그리고 너를 믿는다."

"언제나 네 곁에는 너를 믿는 엄마가 있다는 것을 기억하렴."

"결과가 안 좋아 실망하겠지만, 네가 노력했다는 것을 알아."

"아빠는 네가 노력하고 있다는 것을 믿어."

"네가 노력하고 있다는 것이 중요하지."

"기회는 언제든지 있어. 다음에 또 잘하면 돼."

부모는 아이게 애정표현을 하기 전에 먼저 아이에 대해 파악해야 한다.

하면 할수록 좋은 '칭찬'

가끔 사춘기 아이에게는 칭찬하고 싶어도 칭찬할 일이 없다. 뛰어나게 잘하거나 눈에 띄는 성과에 한정하기 때문이다. 아이의 생활습관이나 특기에 대한 내용을 구체적이고 일상적으로 자주 칭찬하는 것이 좋다.

"너는 말씨가 참 친절해"

"너는 손재주가 있어. 예쁘게 잘 만들었네"

"책상 정리를 아주 깔끔하게 했네"

"네가 청소를 도와주니 한결 편하네 고마워"

"너는 음식을 참 맛있게 먹어서 엄마가 요리한 보람이 있어"

"그 노래 무슨 노래야? 참 좋다. 너 노래 잘하네"

"색깔 잘 골랐네. 역시 안목이 있다니깐"

"무거울 텐데 거뜬하게 드는 것좀 봐. 힘이 세네"

"많이 컸구나. 너랑 함께 걸으니 아주 든든하다"

"네가 도와주니 일이 금방 끝났어. 고맙다"

"라면 맛있게 끓였구나. 김치를 넣어서 더 맛있는 것 같아"

"참 꼼꼼히도 청소를 하네. 정성들여 일하는 모습이 보기 좋아"

"네 표정이 밝으니 엄마 기분도 좋아지는 것 같다"

아이의 존재감을 높여주는 말

"우리 딸 고마워!"

"왜요?"

"엄마에게 태어나 이렇게 곁에 있어줘서."

"엄마 내가 엄마 말 안 들어도 나 사랑해요?"

"그럼, 엄마는 우리 딸이 말 잘 들어도 사랑하고 말 안들어도 사랑하지"

"그러면 지난 번에는 왜 화냈어요?"

"너를 사랑하지 않는게 아니고 너의 행동을 야단치는 거지. 네가 잘못되면 안되니깐 타이르기도 하고 마음이 다급할 때는 소리도 지르게 되지. 그렇다고 널 사랑하지 않는 건 아니야. 우리 딸 언제나 사랑해"

자존감과 우월감은 다른 수준에 있는 감정이다. 자존감은 생에 대한 긍정적인 에너지이다. 자존감을 높이는 것은 삶을 사랑하고 열정적으로 지속적인 노력을 할 수 있는 정서적 기반을 마련하는 일이다.

5백년 명문가의 자녀교육 10계명

1. 평생 책 읽는 아이로 만들어라(서애 류성룡 종가)
2. 자긍심 있는 아이로 키워라(석주 이상룡 종가)
3. 때로는 손해 볼 줄 아는 아이로 키워라(운악 이함 종가)
4. 스스로 재능을 발견하도록 기회를 제공하라(소치 허련 가문)
5. '공부에 뜻이 있는 아이끼리' 네트워크를 만들어라(퇴계 이황 종가)
6. 세심하게 점검하여 질책하고 조언하라(고산 윤선도 종가)

7. 아버지가 자녀교육의 매니저로 직접 나서라(다산 정약용가)

8. 최상의 교육 기회를 제공하라(호은 종가)

9. 아이들의 멘토가 되라(명재 윤증 종가)

10. 원칙을 정하고 끝까지 실천하라(경주 최부잣집)

– 5백년 명문가의 자녀교육, 최요찬 중에서 –

세계 명문가의 자녀교육 10계명

1. 식사 시간을 결코 소홀히 하지 마라(케네디가)

2. 존경 받는 부자로 키우려면 애국심 부터 가르쳐라(발렌베리가)

3. 단점을 보완해 주고 뜻이 통하는 친구를 사귀어라(빌게이츠가)

4. 돈보다 인간관계가 더 소중한 것임을 알게하라(로스차일드가)

5. 질문을 많이 하는 공부 습관을 갖게 하라(공자가)

6. 어머니가 나서서 품앗이 교실을 운영하라(퀴리가)

7. 대대로 헌신할 수 있는 가업을 만들어라(다윈가)

8. 부모와 자녀가 함께 모험 여행을 떠나라(타고르가)

9. 평생 일기 쓰는 아이로 키워라(톨스토이가)

10. 자신을 사로잡는 목표를 찾아 열정을 다 바쳐라(러셀가)

〈사춘기 키우는 워킹맘: 실천편 일기〉

2017년 2월 22일 수요일 날씨: 맑음

박사학위 수여식, 탁이가 엄마에게 축하 한다고 존경한다고 편지를 주었다. 눈물이 난다.

내가 달려오던 길에 나의 식구 그리고 무엇보다 사춘기였던 나의 아들의 지지가 없었다면 어찌 내가 이룰 수 있었겠는가? 탁이가 중학교 2학년 때 남들은 북한도 무서워하는 사춘기라 했거늘 내가 학위 과정 중에 있었기에 신경 쓰지도 못했다. 오히려 학위 논문 중이었기 때문에 아침밥상은 허접하기 이를 때 없었고, 인스턴트 도시락을 얼마나 많이 싸주었는지 모른다. 하지만, 배고프면 집에 와서 혼자 김치찌개를 끓여 먹던 나의 아들... 요리책을 펴면서 원망도 하지 않고 김치찌개 끓였다고 빨리 와서 밥먹자고 그리고 동생도 챙겼던 나의 아들.. 누가 알까? 학교에서는 다른 아이들에게 표시도 내지 않으면서 얼마나 힘들었을까? 엄마의 빈자리가 컸을 것인데 나를 원망할 수도 있었을 텐데 은근히 자랑스러웠다고 말하는 나의 사랑하는 아들..

"현탁아, 고마워 사랑해"

[05]

꿈을 이루기 위한 스트레스 관리

꿈이 있는 삶은 스트레스가 많은 삶

스트레스(stress)는 라틴어의 'stringer' 라는 '팽팽하게 죄다' 라는 의미에서 유래된 것으로 삶을 팽팽하게 죈다는 뜻이다. 마음의 안정이나 남과 어울려 사는 생활에 큰 불편을 주는 육체적인 또는 정신적인 긴장 및 그런 긴장을 유발하는 것들을 우리는 흔히 '스트레스' 라고 정의한다. 사실 어느 정도의 스트레스가 있기 때문에 우리는 꿈도 꾸고 달리고 긴장하는 것이다. 하지만 문제는 적당한 선을 넘을 때 항상 문제가 생기는 것이다. 꿈을 꾸고 달린다는 것은 그리고 그 만큼 열심히 산다는 것은 다른 사람들보다 어쩌면 더 많은 스트레스를 가지고 있다.

나 또한 꿈을 위해 달리다 보니 스트레스는 많아지고 이 많은 스트레스를 어떻게 풀어야 할 지 고민한 적이 있었다. 어느 날 스트레스에 관한 책을 읽다 증상이 모두 나와 같음을 알았다. 스트레스 중독을 알리는 신호중에 하나가 남편과 운동을 하면서 휴대폰을 놓치 않고, 시도때도 없이 '바빠 죽겠다' 라는 극단적인 말을 입에 달고 다니며, 칭찬받고 싶은 욕망 인정받고 싶은 욕구 때문에 칭찬을 계속 갈구 하였다는 것이다. 가만히 있으면 괜시리 시간이 아깝고 남에게 받는 것보다 줄 때 편안함을 느끼며 다른 사람의 말을 건성으로 듣거나 전화 통화 중일 때도 이메일을 확인하거나 서랍을 정리 하는 사람이라는 것이다. 스트레스 중독자인 나는 이것을 해결해야 꿈과 더 가까워짐을 알았다. 그럼 스트레스를 어떻게 할 것 인가? 그것은 스트레스를 바로 알고 스트레스를 내편으로 만들어야 한다는 것이다.

데비 맨델의 저서 〈여자, 스트레스에 마침표를 찍다〉에서 밝힌 세 가지 생활영역 직장, 가정, 인간관계에서스트레스의 모습을 구체적으로 제시하였다.

가정에서의 스트레스

첫번째, 허드렛일도 남에게 맡기거나 다른 사람의 도움을 받지 않는다. 자기가 아니면 안된다고 생각한다.

두번째, 아이들 곁을 계속 맴돌며 감시한다.

세번째, 배우자나 아이들과 함께 있을 때 지나치게 쾌활하여 오히려 짜증을 유발한다.

네번째, 인내심이 없고 쉽게 화를 낸다.

다섯번째, 부부관계도 할 일 목록 중 하나다.

여섯번째, 단 음식이나 기름진 간편식에 열광한다.

일곱번째, 숙면을 취하지 못한다.

직장에서의 스트레스

첫번째, 집에 일을 가져오고 휴가 때도 휴대폰을 꼭 들고 다닌다.

두번째, 전날 잠을 거의 못자고 일했다는 것을 상사에게 자랑스레 말한다.

세번째, 팀원과 협력하기 보다는 자기 일을 철저히 지키거나 자기 아이디어를 동료에게 빼앗길까봐 쉬쉬한다.

네번째, 일하는 동안 떠들고 크게 웃는 동료가 있으면 짜증이 난다.

다섯번째, 동료 직원 대부분이 사교적이고 친절한데도, 인사를 하지 않거나 호의적이지 않은 단 한명의 동료에게 지나치게 신경을 쓴다.

여섯번째, 일하는 동안 가족을 걱정한다.

일곱번째, 책상에 앉아 점심을 때우고, 집중력이 떨어지는 나른한 오후에는 도넛과 커피를 먹어야 한다.

여덟번째, 자신의 가치를 인정받지 못한다고 느낀다. 일을 그만두고 싶지만 그럴 수 없다. 일과 당신은 애증관계 이다.

인간관계에서의 스트레스

첫번째, 배우자나 친구들이 전후 사정을 파악하기 어려운 상황인데도 자신의 마음을 알아주기를 기대한다.

두번째, 반복적이고 무의미한 논쟁에 휘말린다.

세번째, 선물을 받는 것이 편하지 않다.

네번째, 칭찬에 목말라 한다. 남들이 매력적인 여성으로 봐 주었으면 하지만 정작 자신은 스스로를 그렇게 생각하지 않는다. 여자 친구들에게 경쟁의식을 느낀다.

다섯번째, 비판에 민감하다.

여섯번째, 모든 관계를 성취의 관점에서 평가한다.

다음은 정이안 〈스트레스 제로기술〉에서 밝힌 스트레스 증상 자가진단표 이다.

자가진단으로 자신에게 해당되는 증상를 체크 해보자.

항목	스트레스 증상	자주 그렇다	가끔 그렇다	거의 없다
1	최근 쉽게 긴장하고 분노를 느낀다.			
2	직장이나 가정에서 충돌이 잦다.			
3	불안이나 긴장감 때문에 평소보다 술 담배가 늘어난다.			
4	두통이나 요통, 목이나 어깨의 통증, 불면증이 나타난다.			
5	잠을 자고 나도 다음 날 몸이 개운치 않다.			
6	업무나 앞날의 걱정 때문에 정신 집중이 어렵다.			
7	불안 및 긴장감 해소하기 위해 진정제 혹은 다른 약물을 복용한다.			
8	가슴이 답답하고 화끈거리거나 헛배가 부르고 가스가 치는 등의 신경성 소화불량이 있다.			
9	불안이나 긴장을 풀기 위한 시간을 내기 어렵다.			

〈점수계산〉 자주 그렇다-2점/ 가끔 그렇다-1점/ 거의 없다-0점

＊14점 이상: 심각한 스트레스 수준

＊ 10 ~ 13점: 평균 이상의 스트레스 수준

＊6 ~ 9점: 평균 정도의 스트레스 수준

＊3 ~ 5점: 평균 이하의 스트레스 수준

＊0 ~ 2점: 거의 긴장이 없다

젤리 맥고니걸의 저서 〈스트레스의 힘〉 한 연구에 따르면 자신의 인생이 이상적인 모습에 가깝다고 생각하는 경향이 큰 사람은 스트레스를 받되 우울하지 않은 사람이었고, 이와는 반대로 극도의 치욕스러움과 노여움을 느끼되 기쁨을 거의 느끼지 못하는 가장 불행해 보이는 사람들은 스트레스가 눈에 띄게 없었다고 보고 되었다고 한다. 이 현상을 '스트레스의 역설'이라고 부른다고 이야기 하였다. 이는 꿈이 있고 행복을 느끼는 사람들은 스트레스를 많이 다는 결론이 나온다. 이는 다른 한편으로 불행한 사람은 스트레스를 느끼지도 않는다는 것이다. 그렇다면 이러한 스트레스도 받아들이고 내편으로 만들어야 꿈을 모든 위해 더 성장 할 수 있다.

스트레스를 내편으로

이 세상에서 스트레스가 없는 사람이 있을까? 아마도 제로 일 것이다. 그 얼마나 다행인가 그사람이 나 혼자 뿐이라면 받아들이기 힘들텐데 모두가 그러하니 내편으로 만들기가 더 쉬울 듯하다. 내편으로 만들기 위해서는 눈에 보이든 보이지 않든 스트레스라는 반응이라고 느껴질 때는 재빨리 인지하고 받아들여야 한다.

나의 스트레스 관리법은

첫번째, 스트레스라는 반응을 인지하고 긍정적으로 생각하려고 한다. 예를들어 직장에서 인간관계에서 문제가 생겼을 때는 '그럴 수도 있겠지' 라는 긍정마인드, 가정에서 아이들이 해야 할 일을 제대로 하지 않을 때는 포기와 희망법칙을 이용한다 '내가 아이한테 거는 기대가 많은 거겠지. 지금은 아니지만 앞으로 잘 될꺼야' 등을 마음속으로 외쳐본다. 생각은 몸을 지배한다. 꿈도 지배하지만 스트레스 또한 지배한다. 플라시보 효과를 스트레스 극복 방법으로도 활용해 일상의 작은 스트레스 요인을 최소화 하는 것부터 시작해보는 것은 어떨까?

두번째, 추억회상법을 이용한다. 예를들어 직장이든 가정이건 관계를 가지기에 실망하거나 상처를 주고 받는다. 현재에 집중 하여 그러한 감정이 일어난다면 반대로 깊은 인상을 남긴 과정의 인간관계를 회상한다. 실망과 상처는 관계 속에서 이루어지기에 예전에 좋았던 기억을 머리속으로 다시 꺼내어 본다. 때론 나 자신에 대하여 실망이 느껴지거나 원하는데로의 성과가 나지 않을 때는 과거 내가 잘 했던 것을 꺼내어 본다. 그러면 다시 자신감이 생기므로 스트레스를 덜 받게 된다.

세번째, 감사 일기법이다. 나는 감사일기를 쓴다. 직장에서건 가정에서건 감사할 일이 생기면 조그마한 것이라도 기록해 둔다. 화가나는 일이 생길때 감사일기를 펴는 순간 내 마음안에 분노가 사라진다.

네번째, 손세탁 후 잠들기법을 쓴다. 긍정적으로 전환하려하고 추억 회상법 감사법등이 통하지 않을 때는 세탁할 것들을 찾아 세탁기 넣기 전 빨래판에다 빨래를 올려놓고 나를 화나게 한 대상이라 생각하고 손세탁을 한다. 손세탁하면서 실컷 울어버리다 잠든다. 나의 가장 원초적인 스트레스 해소법이다. 한번 해보길 추천한다. 초벌 빨래를 하니 세탁은 더 깨끗하게 되고 내 마음의 짐도 덜어지고 머리는 맑아진다.

스트레스를 푸는 음악

다음은 정이안〈스트레스 제로 기술〉에서 '스트레스 쌓일 때는 이 음악' 이라는 제목으로 소개하였는데 나 또한 많은 도움이 되었기에 소개 하고자 한다. 클래식이라 어렵다고 생각하지 말고 편안히 그 장면들을 상상하면서 들어보아라. 때로는 모든 것을 놓아 버리고 눈을 감아보자. 아마도 많이 들어 보았을 것이다. 옆에서 듣고 있으면 아이들 또한 음악과 함께 할 수 있다.

＊우울한 기분 일 때
 – 모짜르트 '교향곡 제40번(1악장)'

- 차이코프스키 '우울한 세레나데', '비창'
- 쇼팽 '발라드 제4번', '마주르카'
- 주페 '시인과 농부'
- 바하 '브란덴부르크협주곡 5번'
- 시벨리우스 '슬픈 왈츠'
- 브람스 '대학 축전 서곡'

＊ 각박한 일상에서 잠시 벗어나고 싶을 때

'물'을 주제로 한 곡을 듣는다. 물을 주제로 한 음악은 어머니 자궁 속 양수와 같은 원초적인 안정감으로 주기 때문이다.

- 드뷔시 '물에 비친 그림자'
- 라벨 '물의 희롱'
- 헨델 '수상 음악'

＊ 피로한 심신을 달래고 싶을 때

왈츠가 어울린다. 사람은 몸과 마음에 일정한 파도를 가지고 있는 데, 일정한 선율의 파도와 같은 왈츠를 들으면 그 경쾌한 리듬이 피로한 심신에 마사지 효과를 준다.

- 바하 '마태 수난곡'
- 드뷔시 '목신의 오후에의 전주곡'

＊ 분노가 치밀어 혈압이 올라갈 때

온화한 음악을 들으면 혈압이 내려간다.

– 부드러움이 넘치는 차이코프스키 '백조의 호수'

– 넓은 대자연이 연상되는 베토벤 제6번 교향곡 '전원'

– 생상스 '서주와 론도 카프리치오소'

– 무소르그스키 '전람회의 그림'

＊ 스트레스성 소화 장애 일 때

실내악이 좋다.

– 하이든 '종달새'

– 드보르자크 '아메리카'

 – 요한 슈트라우스 '아름답고 푸른 도나우'

＊ 불안한 기분이 지속될 때

– 라흐마니노프 '피아노 협주곡 제2번(1악장)'

– 베르디 '진혼 미사곡'

＊ 긴장성 스트레스가 있을 때

– 소팽 '환상 폴로네즈'

– 드뷔시 '첼로 소나타(1악장)

– 슈베르트 '아르페지오네 소나타(1악장)'

＊불면으로 고생할 때

– 슈베르트 '자장가'

– 베토벤 '로망스 F장조'

– 라벨 '죽은 왕녀를 위한 파비안느'

[06]

워킹맘 스트레스 제로를 위한
잠깐 멈춤!

여자라면 아니 워킹맘 이라면 동경해 보지 않았던가? 직장을 다닐 땐 일에서 벗어나고 싶고, 밀려 있는 집안 일을 보고 아이와 남편이 하는 행동을 하지 않을 때는 스트레스가 되어 집을 벗어 나고 싶을 때가 많을 것이다. 꿈을 꾸고 있는 열정적인 워킹맘의 특징은 매일 끝없는 경계와 책임, 희생과 심한 압박감 처럼 일에 스스로 빠져드는 습관을 가지고 있다. 끊임없이 무언가를 해야 하는 어쩌면 스트레스 중독자 일 수도 있다. 이 글을 쓰는 나 역시 끊임없이 도전을 하다 보니 어쩌면 심한 압박감이 있었다. 앞장에서도 본 것과 같이 착한 여자, 착한 엄마이자 동료 착한 여자 콤플랙스를 가졌다. 이는 곧 완벽한 내가 되기 위해 노력한다는 미명 아래 삶의 단순한 진리를 놓칠 수 있음을 의미한다.

　꿈을 꾸고 달리다 보면 때로는 잠깐 멈춤이 있어야 에너지를 유지하여 꿈을 이룰 수 있다. 꿈을 위해 몸과 마음을 돌보지 않은 채 집착하며 달리다 보면 정작 나에게 중요 했던 것을 잃어 버리게 된다. 이 장을 구성하게 된 이유도 그러하다. 나 또한 몸도 돌보지 않은 채 열심히 달리기만 했다. 하지만 시간이 흐른 후 깨달았다. 멈춤이 있어야 재충전을 할 수 있고 그 에너지로 끝까지 갈 수 있다는 것을

꿈꾸다 '숨' 고르기

때로는 잠깐이라도 졸아보기

　슈퍼울트라 우먼에 되기 위해 우리는 예전 베스트셀러 〈아침형 인간〉 처럼 되어야 하거나 시간을 쪼개어야 한다는 강박관념에 사로잡혀 있다. 이는 어릴 때 부터 "일찍 일어나는 새가 먹이를 잡는다"는 속담과 1748년 발표된 벤저민 프랭클린의 저서 〈젊은 상인에게 주는 충고〉라는 책에서 "시간이 돈이다!"라고 강력히 이야기 하였고, 그것을 들어왔기 때문이다. 하지만 이러한 아침부터의 활동이 밤까지 지속 되고 에너지가 계속 지속된다면 분명 탈이 나기 마련이다.

나는 새벽부터 아이를 보내고 출근할 준비 그리고 직장에서의 열정, 퇴근 후 가사일 까지 꿈을 이루기 위한 밤 공부 계속되는 부하는 몸과 마음을 지치게 할 수 밖에 없다. 하지만 잠시 점심시간이라도 존 것이 나에게는 보약이 되었다.

윈스턴 처칠은 "낮잠은 잔다고 일을 덜 하리라고 생각하지 말아야 한다. 그런 생각이야말로 상상이라고는 모르는 아둔함의 극치라고 말할 수 있다"라고 낮잠을 높게 평가한 바 있다. 또한 수면연구가 사라 메드닉크는 "한 번 끄덕이며 조는 게 하룻밤을 잔 것과 같다"라는 제목의 논문을 발표했다.

다음은 울리히슈나벨 〈행복의 중심 휴식〉에서 발췌한 낮잠을 소중한 것으로 평가하는 이유를 소개하고자 한다.

첫번째, 주의력을 100퍼센트 까지 끌어올린다.

두번째, 운동능력과 정확함을 키워준다. 음악가, 댄서, 육상선수 등은 물론이고 기술자, 상인 혹은 외과의사에게도 커다란 도움을 준다.

세번째, 지각능력과 결단력을 향상시킨다.

네번째, 심장마비나 뇌졸중의 위험을 현저히 끌어내린다.

다섯번째, 동안을 유지하는 데 도움이 된다.

여섯번째, 잠을 충분히 자면 단 것이나 기름진 스낵 따위를 즐기지 않게 되어 살을 빼는 데 도움이 된다.

일곱번째, 잠을 자는 동안 세로토닌이라는 물질이 두뇌에 활발히 분비되어 기분이 좋아진다.

여덟번째, 스트레스를 줄여주며, 피곤함을 이기려고 입에 대는 약물이나 알코올의 의존도를 떨어뜨린다.

아홉번째, 기억력과 창의성이 높아진다.

열번째, 지나친 피로감을 막아주어 밤잠을 잘 자게 한다.

열한번째, 달콤한 성생활을 할 수 있다.

이 모든 효과는 과학적으로 증명이 되었을 뿐만 아니라 '그 어떤 유해물질도, 위험한 부작용도 없으며, 더욱이 비용이 들지 않는 방법' 이라고 하였다.

워킹맘, 달리다 잠시 졸아라. 낮잠을 즐겨라. 새로운 아이디어와 에너지가 당신의 몸안에 놀러올 것이다.

때로는 '멍' 때리기

학창시절 창 밖을 멍하니 바라 보다 선생님께 지적을 당한 경험은 한 두 번쯤 있을 것이다. 그런데 몇 해전 서울시청 앞 잔디밭에서 '제1회 멍 때리기 대회' 를 보며 참으로 공감한 적이 있었다. 그렇게 선생님께 지적을 당했던 것은 '멍 때리기' 라는 자체가 흔히 정신이 나간 것처럼 한눈을 팔거나 넋을 잃은 상태이며 이는 지금까지 멍하게 있으면 비생산적이라는 다소 부정적인 시각 때문이다. 하지만 창의적인 사고를 요구할 때는 '멍 때리기' 가 얼마나 효과적인지 모른다. 나 또한 직장 혹은 레포트를 쓰기 전 창 밖을 보며 '멍 때리기' 를 많이 한다. 그때 번쩍이는 아이디어들이 떠오르면 메모지에 쓰거나 요즘은 휴대폰에 메모기능이 있으므로 바로 쓰기도 한다.

내가 아는 지인 중에 특허법인 사무실에 있으면서 특허를 내는 발명가가 있다. 그에게 물었던 적이 있다. 어떻게 그렇게 새로운 것을 찾고 발명할 수 있냐고 하였더니 물건이던 무엇이던 불편한게 있으면 메모 했다가 어느날 멍 때리고 가만있다 보면 번뜩일 때가 있다고 한다. 그 모든 것이 '멍 때리기' 에서 나온다고 우스게 소리를 한 적이 있었다. 하지만 이는 모두 의미있는 이야기 이다.

1998년 미국의 두뇌연구가 마커스 라이클이 자기공명영상을 연구하다가 발견한 사실이다. 실험 참가자가 테스트 문제에 집중하자 두뇌 특정 영역의 활동들이 늘어나는 것이 아니라 줄어드는 것을 알아냈다. 예상과 달리 두뇌는 적어도 많은 부분에서 정신적으로 아무것도 하지 않을 때 그 활동을 더욱 강화했다. 이 같은 신경활동을 '디폴트 네트워크' 라고 불렀다. 이 디폴트 네트워크는 어떤 특별한 것을 생각하지 않고 그저 떠오르는 생각의 물결로 따라 갈 때 작동한다는 것이다. 그 후 여러가지의 연구 결과가 이를 대변했지만 한 가지 더 한다면, 일본도호쿠 대학 연구팀은 기능성자기공명상을 이용해 아무런 생각을 하지 않을 때 뇌혈류 상태를 측정하였다. 그 결과 백색질 활동이 증가되면서 혈류의 흐름이 활발해진 참가자들이 새로운 아이디어를 신속하게 내는 과제에서 높은 점수를 받았던 것이다. 이는 뇌가 쉴 때 백색질 활동이 증가되고 창의력에 도움 준다는 결론이었다.

뉴턴도 사과나무 밑에서 멍하니 있다가 '만유인력의 법칙' 을 발견했고 GE전 회장 잭 월치도 매일 1시간씩 창밖을 멍하니 바라보았다고 한다.

워킹맘, 때로는 '멍 때리기' 로 상상력을 춤추게 하라. '멍 때리기' 가 아닌 '아이디어 맞음' 이다. 새로운 아이디어가 당신을 기다린다.

꿈을 위한 '명상'

대학원 시절 하루 두 시간 명상을 한다는 지인이 있었다. 사실 해보지 않은 처음에는 거창한 것인 줄 알았다. 하지만 명상의 기본은 아주 쉬운 '바로 이 순간 완전히 집중 하고 그것을 되풀이 하는 것이었다. 마음속으로 자기 전 아이의 숙제 봐주고 내 레포트를 쓰기도 바쁜데 잘 때 숙면을 취하면 되지 굳이 잠자기 전 무슨 명상이냐고 어쩜 두 시간이면 영화를 한편 볼 수 있을 텐데 라는 생각을 한 적이 있었다. 명상은 승려들이 하고 일반인들에게는 어쩜 거리가 먼 일이라는 생각을 했다. 하지만 나의 지인 처럼 그렇게 긴 시간동안 할 수는 없지만 꾸준히 잠시 동안의 명상으로 나 또한 효과를 보았다. 예전 보다 침착해진 나를 본 것이다.

'명상' 은 라틴어로 메디타티오(meditatio)라고도 하며, 사전적 의미로 '마음을 자연스럽게 안으로 몰입시켜 내면의 자아를 확립하거나 종교 수행을 위한 정신집중을 널리 일컫는 말' 이라고 한다. 명상의 효과는 여러가지 과학적 근거로도 논의 되었다. 미국의 두뇌 연구가 리처드 에이비드슨은 티베트 승려들에게 '사랑의 공감' 이라는 화두로 명상을 하게 하여 두뇌를 조명해 본 결과 사랑, 공감, 행복 등과 같은 감정 경험을 처리하는 두뇌 영역에 강한 혈액순환을 확인하였다. 또한 마이애미 대학교의 심리학자 아미시 자(Amishi Jha)는 미국 해군 병사들의 명상 훈련 효과를 연구한 결과 매일 명상을 하는 병사는 작업 기억의 능력이 강해지고 주의력이 좋아져 정서적으로 불안한 상황에서 균형을 잡고 효과적으로 대응할 수 있다고 전문잡지〈감정Emotion〉에 발표 하였다.

명상은 거창한 것이 아니다. 불교에서 말하는 해탈도 아니다. 잠시 몇 분이라도 내 안의 나를 만나는 것이다. 평온을 유지하는 것이다. 허겁지겁 살아가는 일상에서 참 모습을 보고 나만의 자유공간을 만들어 보는 것이다. 내면의 소리를 듣는 것이다. 내 안의 소리에 귀를 기울이는 훈련 만으로도 우리의 생각과 시각은 바뀔 수 있다. 가정, 직장, 꿈 등 나를 지배하고 있는 것들로 부터 잠깐 나와보면 더 소중해 진다. 긴장과 잡념이 사라지고 고요함이 나의 내면으로 들어와 몸과 마음이 좀 더 편해질 수 있고 꿈을 이루기 위한 에너지 충전에 많은 도움이 된다.

워킹맘, 잠시 몇 분의 '명상' 으로 내면의 소리를 들으라. 休 안의 나를 찾아라.

다음은 울리히 슈나벨〈행복의 중심 휴식〉에 소개된 〈아주 간단한 호흡 명상〉을 소개하고자 한다. 그리고 최근에는 유튜브에서도 많은 명상프로그램이 무료로 소개되곤 한다.

〈아주 간단한 호흡 명상〉
 - 일정 시간을 정해두자.(처음에는 5분이나 10분 정도)
 - 허리를 편 자세로 앉아 무엇보다도 당신의 배가 긴장을 풀게 한다.

- 숨을 깊게 들이마시면서 숨의 흐름을 느껴보라. 숨결을 통제하려고 들지는 말자.

- 이제는 내쉬는 것에 집중한다. 특별히 신경을 쓰지 말고 그저 천천히 내쉬며 긴장을 푼다.

- 마지막까지 내쉬고 난 다음에는 아무것도 하지 않는다. 저절로 호흡이 이뤄지기까지 기다린다. 호흡반응은 당신의 횡격막에서 저절로 이루어지기 때문이다.

- 허파가 어느 정도 공기로 채워졌다 싶으면, 다시 천천히 의식적으로 숨을 내쉰다. 이런 식으로 계속 되풀이 한다.

- 방해가 되는 생각이나 주의를 흩트리는 소음이 의식되거든, 그저 단순하게 받아들여라. 생각에 사로잡히기 보다는 거듭 호흡을 주목하도록 한다.

- 굳이 의식하지 않음에도 숨이 들고 나는 것을 즐겨라. 아무 신경 쓰지 않아도 호흡이 이루어지는 느낌을 새겨 보는 것이다.

- 집중을 잘 하든 못하든 상관 없다! 무슨 기대나 야심찬 목표로 자신에게 스트레스를 주지 말자. 당장 뭔가 이루어야 하는 게 아니다. 지금 필요한 것은 아무것도 이루지 않음이다.

- 정해진 시간이 지나거든 첫 번째 명상 경험을 이룬 것을 축하하라.

- 일주일 내내 매일 정해진 시간에 호흡 명상 훈련을 하자. 아침에

잠자리에서 일어나자 마자 해도 좋고, 저녁에 잠자리에 들기 전이라도 괜찮다. 꾸준히 연습을 하면서 변화가 일어나는지, 그게 어떤 변화인지 관찰하자.

[07]

내 몸이 건강해야 꿈을 이룬다

워킹맘은 많은 일들을 해야 할 때 때로는
식사를 거르기도 하고 운동은 생각조차 하지 못한다. 많은 워킹맘들의
일상 패턴이 아침은 아이 밥 먹이다 보면 출근 시간이 늦어 급하게 나
와서 모닝커피로 시작한다. 점심은 직원 식당을 이용하거나 함께 직원
들과 밖에 나가서 간단하게 먹고, 패스트푸드를 포장해 와서 아이의
숙제를 봐 주거나 다른 일을 하면서 부엌에 서서 먹는다. 직장, 가정
혹은 여러가지에서 스트레스를 받을 때는 과자봉지를 들고 텔레비젼
을 향해 마구 먹어 버리는 경우도 있다. 이 모든 것이 꿈을 이루고 잘
해야 겠다는 과도한 스트레스 때문일 수 있다. 하지만 우리는 필히 기
억해야 할 것이 있다. 꿈을 이루기 위한 필수 조건은 건강이 허락하였

PART 3_꿈을 위한 가정생활 및 육아 노하우

을 때 온전히 이룬것이 된다. 내 몸이 아픈데 열심히 살아가고 꿈을 이룬들 무슨 소용이 있으랴?

　나는 꿈을 꾸며 달리다 큰 실수를 저질렀다. 열심히 앞만 보고 꿈을 이루려고 달리다 보니 정작 내 몸의 소리를 듣지 않았다. 앞장에서 말한 잠깐 휴식과 지금 건강을 챙겨야 온전히 꿈을 이루는 행복의 결승선에 골인한다는 것을 나는 뒤늦게 깨달았기에 나와 같은 실수를 하지 않았으면 한다. 쉬지도 않고 하루 3시간 정도 수면에 열심히 직장 그리고 가정에서도 완벽해지려 하였다. 어느날 몸이 이상하여 병원을 방문하였을 때 뜻밖의 이야기를 듣고 깨달았다. 모든 것이 한 순간에 무너지는 듯 하였지만 늦지 않았다는 것을 그리고 그 무엇보다 건강 속에서 꿈의 결승선을 넘어야 함을 절실히 깨달았다.

　올바른 식습관으로 건강과 가족건강 챙기기
　올바른 식습관이 얼마나 중요한지 규칙적으로 먹는 것이 얼마나 좋은 것이지, 백미 보다는 잡곡밥, 육식은 줄이고, 채소와 과일은 충분히 먹어야 하고, 튀기는 것 보다는 찌고 데친 것이 좋고, 인스턴트는 줄이고 술은 적당히 물은 충분히 등... 정말 너무도 잘 아는 올바른 식습관이다. 하지만 다 알지만 마트에 가보아도 편의점에 가 보아도 온통 편리한 식품들이 넘쳐난다. 바쁜 일상 속에서 한 끼를 이렇게 쉽게 해결하는 것 만큼 워킹맘에겐 유혹이 아닐 수 없다. 돈이 많으면 도우미 어머니에게 많은 돈을 주고 식단관리 까지 맡기면 좋으련만 그 정도의 능력이 안되면 우리가 직접해야 한다. 일도 해야하고 육아를 해야 하는 우리로서는 어머니가 해 주신 반찬만으로도 감사할 뿐이다. 이렇게 올바른 식습관이 되질 않는 이유 아니 실천이 되질 않는 이유는 '하지 말아야 한다' 의 단호함 때문이리라 생각된다. 담배를 '끊어야 한다' 라는 말과 일맥 상통 일 것이다. 난 개인적으로 '끊어야 한다' 라는 말이 오히려 더 역작용을 발휘 한다고 생각한다. 끊는다고 생각하면 더 하고 싶을 것이다. '쉰다' 라고 생각하면 꼭 다시 피워야 겠다는 생각이 덜해질 것이다. 식단의 실천도 그렇다. 일주일에 한 두번 쯤은 먹고 싶은 것을 실컷 먹는다는 보상이 있으면 의지가 강해 질 것이다. 한 두번쯤은 외식을 인정하고 집에서 만큼은 건강식을 마련하고 가족 모두 먹는 습관을 길러 보자. 가족과 내가 모두 건강하여야 꿈도 행복도 이룰 것이다.

운동으로 다이어트와 스트레스 제로 만들기

가사노동을 활용한 운동

데비멘텔〈여자, 스트레스에 마침표를 찍다〉에 나온 데비멘텔의 가사노동을 활용한 운동법이다. 나 또한 효과를 보았기에 소개하고 자 한다. 바쁠 때는 가사운동이 다이어트와 헬스가 될 수 있다. 스쿼트 자세를 할 때 등을 보호하기 위하여 항상 복부를 눌러 줘야 하고 뒤꿈치를 밀어야 한다. 그 때 등쪽을 향해 복부를 잡아 당기면 복부도 운동에 추가될 수 있다. 청소기를 돌리거나 마루를 닦는 것은 심장에 좋은 운동이 되는데 음악을 틀어놓고 재빠르게 하면 효과가 높다. 청소기를 돌리고 거울 닦는 것은 좋은 운동으로 제안해야 한다. 채소를 자르고 조리대와 거울을 닦는 동작은 팔과 어깨에 좋다. 조리대를 이용해 팔굽혀펴기를 몇 번 하면 몸이 더 좋아질 것이다.

점심시간을 활용한 운동

지금 많은 회사들이 사내 헬스장을 두거나 직원 체육시설이 마련되어있다. 시간이 없어 따로 운동할 시간이 없다면 점심시간을 반으로 쪼개어 잠시 식사를 한 후 반은 잠시만이라도 체육시설을 활용해 보자. 그러한 여건이 되질 않는다면 잠시 직장 밖을 파워워킹으로 걷고 직장으로 들어와보자. 몸이 튼튼해지면 직장에서의 스트레스도 훨씬 덜 하기 때문에 업무의 효율성 뿐 아니라 직장 내 좋은 관계의 면에서도 이점이 될 수 있다.

주말을 이용한 운동

아이들이 아직 어리다면 가족끼리 가까운 공원이라도 산책하는 것이 좋다. 가족과 함께 이므로 남편에게 잠시 공원을 몇 바퀴 뛸 동안 아이 좀 봐달라고 하면 된다. 또한 아이들에게 우리가족의 행복한 모습을 보여줄 수 있어 교육의 장이 될 수 있다. 가족 모두 행복한 운동을 할 수 있는 간단한 동작을 배우는 것도 좋다. 다음은 데비멘델의 〈남편과 함께 하는 운동〉을 소개하고자 한다. 남편 뿐 아니라 아이들이 조금 컸다면 가족 모두 짝을 지어 함께 해보도록 하자.

 – 나란히 서서 하는 런지: 기본적인 런지 동작을 좀 더 낭만적으로 해보기 위해 오른손을 남편의 왼손을 잡고 5회 정도 함께 한다. 무릎이 부딪히지 않게 조심한다. 무릎을 90도로 꺾은 채 앞발은 바닥에 평평하게 붙이고 무릎이 발가락을 넘어가지 않는 각도를 유지한다. 뒤쪽다리 무릎을 바닥 쪽으로 구부리면서 바닥에 닿지는 않게 한다. 앞발을 처음 자세로 되돌려서 양쪽 다리에 쭉 펴고 선다. 이번엔 양쪽 다리위치를 바꿔서 한다. 배에 힘을 주고 있어야 하며 힘을 줄 때 숨을 내쉰다. 한쪽당 5~8회씩 3세트를 목표로 한다.

 – 좌우로 비틀기: 등과 등을 맞대고 서서 농구공을 주고 받는데 이때 한쪽에서 다른 쪽으로 몸을 자연스럽게 틀면서 서로를 돌아본다. 조화롭게 운동 할 수 있도록 몸의 움직임을 일치시킨다. 한 손으로 공 위를, 다른 손으로 공 아래를 잡고 주고 받는다. 25회를 목표로 하고 익숙해지면 더 무거운 공을 사용한다. 힘을 줄 때 숨을 내쉬고 배에 단단하게 힘을 준다.

PART
04

워킹맘, 꿈 너머 꿈

"성공은 절대 혼자서 되는
것이 아니다. 꿈을 이루고 나아간다는 것은
분명 주위에 많은 도움을 받았다는
결정체 일 수도 있다. 세상을 살아가고
행복의 지수를 높이려면 숲을 이루는
나무가 되어야 할 것이다."

[01]

'꿈' 의미
(열심히 의미있게 꿈 이루기)

열심히 산다는 것은 현재의 직업에 충실하고 자기 자신을 보다 능력 있도록 만들기 위해 노력할 것이고 이러한 시간을 투자하여 분명 경제적 상황을 개선하고 있는 사람들 일 것이다. 그리고 이 책을 읽고 있는 분들이라면 분명 주변에서 열심히 살고 있다고 이야기 들을 것이다. 우리는 꿈을 위해서 대부분의 시간을 의미 있게 살기 보다는 열심히 살고 있다. 이 말은 분명 우리가 꿈을 이루기 위해서 아이들과 놀아주는 시간보다 성공을 위해 투자하는 시간이 더 많은 것이다.

꿈은 성공보다 중요하다는 사실은 알고 있지만 경쟁적인 환경 때문에 가정에 충실하지 못하고 중요한 것을 잃어버리는 경우가 많다. 가정이 없으면 꿈을 이루고 성공적인 삶이라 할 수 없을 것이다. 경제적인 풍요는 생길 수 있지만 삶의 질은 더욱 더 나빠지고 꿈이라는 이름하에 삶의 중요한 가치들에 대해 눈감고 살아가고 있는 것은 아닌지 꼭 되짚어 보아야 할 것이다.

꿈을 이루기 위해 열심히 살고 있다면, 의미 있게 살고 있는지도 돌아보아야 한다. 아이와 놀아주는 것이 자신의 성장을 위한 일이 될 수 있고, 부부간에 따뜻한 대화를 나누는 것이 직장생활을 더 잘 하고 당신의 꿈을 위한 후원자가 될 수 있고, 친구를 만나 의리를 나누는 일들이 세상을 보다 긍정적으로 보고 열정으로 이어져 당신의 꿈을 이루어지게 할 수 있다. 워킹맘의 꿈을 위해 앞만 본다면 진정 삶의 중요한 가치를 잃어버린다. 의미 있게 열심히 살아야 꿈을 이룰 수 있다.

테레사 수녀가 인도의 가난한 마을에서 다친 아이들의 상처를 돌보고 있을 때였다. 그녀의 봉사가 못마땅하던 지역의 유지가 거드름을 피우며 수녀님을 향해 물었다.

"수녀님, 당신은 나처럼 잘 살거나 높은 지위를 가진 사람, 편안하게 사는 사람들을 보면 정말 부러운 마음이 하나도 안 드십니까? 정말 당신은 지금 그런 삶에 만족하세요?"

그러자 테레사 수녀가 미소를 지으며 답했다.

"허리를 굽히고 섬기는 사람에게는 위를 쳐다볼 시간이 없답니다."

이 말에 유지는 부끄러워 더 이상 자리에 있지 못하고 줄행랑을 쳤다고 한다.

자신의 몸을 가장 낮추어 희망의 빛을 보여준 테레사 수녀는 각박한 사회에 자기희생을 통해 삶의 정신을 보여주었다. 그리고 그녀의 나누고 봉사하는 삶을 우리는 배워야 겠다.

꿈을 깨우고 이루는 것은 의미있는 삶과 함께 가는 것이다.

〈열심히 의미있게 꿈 이루기: 실천편〉

모교에 사랑하는 나의 후배들에게 많지는 않지만 밤에 잠시 특강한 강의료를 모두 기부하였다.

'꿈' 공존지수
(꿈을 이룰 때 박수쳐 줄 사람을 만들어라)

꿈을 위해 달려오면서 나 또한 많은 시행착오를 겪고 인생의 또 다른 배움의 시간을 가졌다. 그 중 한 가지가 바로 공존지수가 얼마나 중요한지 알게 되었다. 공존지수라는 것은 다른 사람과 더불어 잘 살 수 있느냐를 측정하는 것이다. 김무곤의 저서 〈NQ로 살아라〉는 책에서 IQ, EQ처럼 NQ (Network Queotient) 공존지수를 이야기 하였다.

우리는 꿈을 이루기 위해 그리고 꿈을 이루는 과정에서 분명 도움을 받을 수 밖에 없다. 공존지수가 낮은 사람은 꿈을 이루고 나서도 박수 보다는 오히려 다른 사람의 시기와 질투에 휘말리고 만다. 시기와 질투에 휘말리면 꿈의 대한 행복이라는 감정보다 부정의 감정이 더 생길 수 있으므로 공존지수를 높여 박수를 받아야 한다.

다음은 김무곤〈NQ로 살아라〉는 책에서 발췌한 공존 지수를 높이는 방법을 나의 사례와 적용하였다.

첫번째, 베풀어라.

경주 최 부잣집은 베품의 대명사이기도 하다. 하지만, 최 부잣집에도 일제 강점기 때 김 구 선생께 독립자금을 지원하다 그만 부도가 나서 무일푼이 되었을 때가 있었다. 이 때 최 부잣집을 결정적으로 도와준 사람이 식산은행 총재 아리가였다. 아리가는 최 부잣집에 식객으로도 묵었고 최 부잣집의 덕행을 익히 알고 있어 개인적 도움 보다는 최 부잣집이 망하면 조선 사람들의 민심을 잃는 것을 크게 우려하여 최 부잣집을 도와주었다고 한다.

나또한 꿈을 이루기 위해서 가정에서는 시댁식구들에게 직장에서는 선배와 후배의 도움을 많이 받았다. 배려를 받았다면 시어머니에게 예쁜 옷도 사드리고 직장 선후배에겐 커피라도 아니 점심이라도 한 끼 더 사라.

두번째, 겸손하여라.

성공하는 것처럼 보이던 개인과 조직이 실패하는 것은 바로 교만 때문이다. 조조가 한 때 유비에게 진 것도 교만 때문이고, 초고속 승진으로 남들의 부러움을 사던 사람이 무너지는 것도 바로 교만 때문이다.

워털루 전투에서 패망한 나폴레옹의 자만에 대하여 프랑스 작가 빅토르 위고는 이야기 하였다. 워털루 전투가 있던 날 아침 나폴레옹은 그날의 작전을 설명하고 있었다. "우리는 여기에 보병을 배치하고 저쪽에는 기병을, 그리고 이쪽에는 포병을 배치할 것이다. 날이 저물때 쯤에는 영국은 프랑스에게 제압되어 있을 것이며, 웰링턴 장군은 나폴레옹의 포로가 될 것이오." 이 말을 듣던 사령관 네이 장군이 조심스럽게 말했다. "폐하! 계획은 사람이 세우지만 성패는 하늘에 달렸다는 걸 잊어서는 안 될 것입니다." 그러자 나폴레옹은 자신만만하게 "장군은 나폴레옹이 친히 계획을 세웠다는 것과 나폴레옹이 성패를 주장한다는 사실을 명심하기 바라오." 그 순간부터 이미 워털루 전투는 패배한 것이나 다름없었다. 그날 쏟아지는 비와 우박 때문에 작전도 펼치지 못하고 나폴레옹은 영국의 웰링턴 장군의 포로가 되었고, 프랑스는 영국에 굴복 하였다.

교만은 패망의 으뜸이라면 겸손은 성공의 으뜸이다.

어느 날 나 또한 변화된 나의 모습에 우쭐해 질 때가 있었다. 바로 교만이라는 놈이 내 마음에 슬그머니 자리 잡았기 때문이다. 그런데 주위에 나를 진정 위해주시는 분이 조심스레 이야기를 해 주셨다. 그때 난 내 자신을 돌아보며 깨달았다. 꿈을 이루기 위해 절대 교만에 빠져서는 안된다. 겸손하여야 한다. 세상에는 당신보다 잘 나고 훌륭한 사람이 너무도 많다. 결코 당신이 최고라고 말할 수 없다. 자존감이 높은 것과 교만은 엄청난 차이이다. 잘 구분해서 교만하지 않도록 항상 고개를 숙이자. 벼는 익을수록 고개를 숙인다는 옛 어른들의 말씀은 결코 틀린말이 없다.

셋째, 배려이다.

배려라는 것은 사전적 의미로 나와 다른 사람 그리고 환경에 대하여 사랑과 관심을 갖고 잘 관찰하여 보살펴 주는 것이다. 요즘 같은 시대에는 배려가 참 힘들다. 상대 입장에서 생각하고 그 생각을 느끼고 이해한 다는 것은 참 힘이 든다. 결국 남을 위하는 마음은 궁극적으로 자기 자신을 위한 것이다. 나 자신을 심하게 탓하고 남을 가볍게 책망하면 원망을 멀리하게 되고, 세상 이치는 시험문제를 푸는 것처럼 상대방의 관점에서 보려고 노력하면 풀리지 않는 일이란 없다. 명심보감에 나온 말처럼 평소에 인정을 베풀면 훗날 좋은 모습으로 볼 수 있다. 이렇듯 배려는 경쟁까지도 넘어 설 수 있다. 경쟁자의 관점에서 보고 경쟁자를 앞지르고 마침내 경쟁자를 더 나은 길로 인도한다.

논어에서는 단단한 돌이나 쇠는 높은 곳에서 떨어지면 깨지기도 쉽다. 그러나 물은 아무리 높은 곳에 떨어져도 깨지는 법이 없다. 물은 모든 것에 대해서 부드럽고 연한 까닭이다. 저 골짜기에 흐르는 물을 보라 그의 앞에 있는 모든 장애물에 대해서 스스로 굽히고 적응함으로써 줄기차게 흘러, 드디어 바다에 이른다. 배려의 조건 배려는 선택이 아니라 공존의 원칙이다 사람의 능력이 아니라 배려로 자신을 지킨다. 사회는 경쟁이 아니라 배려로 공존을 이루는 것이다.

배려에도 세가지 조건이 있다. 첫째, 행복의 조건이고 스스로를 위한 배려이다 그것은 솔직해야 한다. 둘째, 즐거움의 조건이다. 너와 나를 위한 배려 그것은 상대방의 관점으로 보는 것이다. 셋째, 성공의 조건은 모두를 위한 배려이며 통찰력을 가지는 것이다. 배려는 타인에게까지 마음을 기울이는 것이고 자애를 펼치는 것이다. 마음을 멀리 쓴 만큼 내 마음이 넓어진다. 배려는 나, 너, 우리의 공동체 마음의 연못이다.

성공은 절대 혼자서 되는 것이 아니다. 꿈을 이루고 나아간다는 것은 분명 주위에 많은 도움을 받았다는 결정체 일 수도 있다. 세상을 살아가고 행복의 지수를 높이려면 숲을 이루는 나무가 되어야 할 것이다. 다른 나무들과 더불어 있을 때 숲은 더 푸르게 가꾸어 질 수 있다. 공존지수를 높여 다른 나무들로부터 박수를 받으며 꿈을 이루자. 꿈의 행복지수는 더 높이 올라간다.

[03]

'꿈' 행복을 위한 여정

우리가 이렇게 꿈을 위해 성취하고 달리는 것은 '행복'을 위한 여정의 하나이기 때문이다.

꿈을 꾸고 나를 찾아 떠나고 꿈을 위해선 워킹맘 이기에 직장생활, 가정생활 그리고 스트레스를 관리하여야 최종목표인 꿈을 이룰 수 있다. 그렇다면 우리는 왜 꿈을 꾸는가? 결론은 행복이다. 나 자신의 행복의 여정 중 하나의 과정이기 때문이다. 꿈을 꾸고 이루면 성취감과 자존감 나 스스로 행복해지기에 주변의 것들이 보다 더 행복해 보인다. 누군가에게 인정 받고 가정생활 직장생활에서도 더 나은 만족감을 얻을 수 있기에 어쩌면 행복을 찾아 헤매이는 하나의 여정일 것이다.

'행복' 은 자신의 관점과 한계에 따라 달라진다. 꿈을 가지고 있기에 현실의 고통도 감내하며 행복한 미소를 짓는 것이다. '꿈' 을 꿈꾸는 순간 내가 절실히 바라고 노력한 만큼 미래를 상상하며 행복해 하였다. 우리는 가끔 본다. 일약 스타가 된 후 부와 명예를 가진 뒤에 삶의 방향을 잃어버린 사람들을 보는가 하면 세계최고의 갑부이자 기부가 빌게이츠 처럼 목표를 이룬 뒤 나눔과 베품을 실천하는 꿈 너머 꿈을 이루고 있는 부자가 있다.

꿈을 꾸며 달려오며 느낀다. 행복은 '행복' 이란 단어를 잊어 버리고 온 힘을 다해 경주에 임하는 자세에서 다가오며 각자의 인생에서 최선을 다 하는 순간 이미 '행복' 이 깃들어 있음을 알았다.

올림픽에 여섯번이나 도전한 이규혁 선수는 올림픽이 핑계였다고 말했다. 스케이트를 타고 도전 하는 자체 그것에서 행복을 느꼈고 비록 메달은 목에 걸지는 않았지만 난 금메달리스트 보다 그의 참된 행복을 찾은 '꿈' 도전에 박수를 보낸다.

꿈을 위한 행복은 결과가 아니라 '과정' 에서의 느끼는 것이다. 나 또한 열심히 달리고 그 어떤것을 성취한 후가 아닌 지금 자리에서의 최선, 가정에서 직장에서 그 순간 순간이 행복역의 종착점이다.

〈꿈 '행복을 위한 여정' : 실천편 일기〉

2017. 2. 22 수요일 날씨: 맑음

졸업식이다. 눈물이 흐른다. 내가 왜 이렇게 달려왔던가? 남들과 다른 시작점이었다. 출발선이 틀리고 남들과 다른 종착역일지라도 행복하다. 이렇게 꿈을 꾸고 달렸던 것은 바로 '행복' 이라는 종착역에 도착하기 위한 하나의 여정이었으리라. 〈행복은 혼자 오지 않는다〉라는 책에서 처럼 어쩜 나는 행복의 종류 (우연히 찾아오는 행복, 향락에 의한 행복, 자기극복의 행복, 공동의 기쁨에 의한 행동, 충만한 행복)에서 파랑새를 찾았는지도 모른다. 파랑새를 찾으러 다녔다기 보다는 어쩜 나는 '우물안의 개구리' 였는지도 모른다. 아니 그냥 '개구리' 였을 수 도 있다. 개구리는 한 곳만 본다. 모든 촉각이 '파리' 라는 것에만 집중한다. 개구리는 꽃도 있고 물풀도 있는 예쁜 곳에 살지만 주위는 보지 않는다. 그저 그 파리만 향하고 있다. 어쩜 내 모습이었을 수도 있다. 시간이 흐른 후 알았다. 주위에 소중한 것들이 얼마나 많은지를.. 그리고 그 순간 순간 최선을 다했을 때의 기쁨이 행복이었고 꿈을 이루기 위해 달려온 그 모든 시간이 행복이었음을..

가장 가까운 곳에서 힘든 모든 여정을 지켜보며 나를 지지 해 주었던 참으로 고마운 가족들.. 오늘처럼 전문대 시절부터 지금까지 나를 아껴주시는 소중한 인연의 은사님께서 직접 사진촬영도 해주시고 나의 식구들과 함께 식사했던 시간들... 직장의 관계망에서 힘들다고 눈물 흘렸더니 직접 김밥을 싸들고 달려와 위로해 준 소중한 나의 지인들... 이런 소중한 사람들을 기억하고 느끼는 것이 바로 꿈의 완성이고 행복의 종착역이 아닐까? 난 꿈 너머 꿈은 행복인 것을 느꼈다.

눈물이 흐른다. 참으로 감사하다. 내 인생의 여정에 이렇게 감사한 분들이 많고 감사할 일이 많으니 그 얼마나 행복한가?